在书中小站片刻

二集

绿茶 著

商务印书馆
The Commercial Press

图书在版编目(CIP)数据

在书中小站片刻:二集/绿茶著.— 北京:商务印书馆,2022
(书物语)
ISBN 978-7-100-20182-7

Ⅰ.①在… Ⅱ.①绿… Ⅲ.①随笔—作品集—中国—当代 Ⅳ.①I267.1

中国版本图书馆CIP数据核字(2021)第156255号

权利保留,侵权必究。

在书中小站片刻:二集

绿茶 著

商 务 印 书 馆 出 版
(北京王府井大街36号 邮政编码100710)
商 务 印 书 馆 发 行
河北松源印刷有限公司印刷
ISBN 978-7-100-20182-7

2022年4月第1版	开本 787×1092 1/32
2022年4月第1次印刷	印张 10 3/8

定价:58.00元

目 录

辑一　早茶夜读

如何启动中国历史操作系统 / 2

孔子周游指南 / 17

亲子象棋与楚汉相争 / 35

寻访之旅和读城之思 / 52

庆历三记 / 60

南宋文坛一次空前绝后的聚会 / 73

清都北京文艺生活指南 / 91

晚清的删书衙和官书局 / 96

副刊编辑沈从文 / 100

副刊编辑孙伏园 / 107

五四新女性的彷徨与幻灭 / 115

充和一生的五个贵人和一个福地 / 122

民国时期的"秘密社交网络" / 132

信札里的往事与故事 / 138

从太监坟地到高科技地标 / 144

冯骥才的文化迭代 / 149

辑二 书中小站

书房整理记 / 158

我最喜爱的十个出版品牌 / 171

我最喜爱的童书出版品牌 / 190

那些年的西哲淘书史 / 209

十年书路——深圳十大好书评选观察报告 / 214

好书榜是"自我狂欢"？/ 218

沪深评书记：好书从来不寂寞 / 222

书单狗的年度例假 / 230

对书评写作的思考和敬意 / 235

关于选书，没有标准答案 / 239

三岁男孩和他的聪明出版社 / 248

怀念王学泰先生 / 254

辑三　返乡画像

六根温州行纪事 / 262

温州人的乡邦想象 / 278

小镇书香　文史薪传 / 282

南门街少年往事 / 288

野生童年历险记 / 292

蟳埔江边，我的乡愁 / 299

围抱千年古银杏 / 308

到过彼此的故乡，我们就成了兄弟 / 311

朋友圈是故乡的美图秀秀 / 319

后记　一次小小的阅读闭环 / 323

辑一　早茶夜读

如何启动中国历史操作系统

一

四年前,和朋友杨早应出版社之邀,编写一本"给孩子的中国通史"——《中国通史》墙书。这是一种形式有新意,适合孩子们阅读的通史读本——说是书其实就是一张图,2.4米长的《中国通史》长卷,容纳了五百多个中国历史条目,涉及中国的政治、军事、经济、社会、文化、建筑、音乐、文字、人口、版图等方面的知识点。用了一年多时间编写,再经历两年多的编校及送审,直到2019年终于出版。

整个编写过程非常煎熬,每天蹲在图书馆,查阅大量史书,把海量的历史词条综合、整理、分类、编排;更难的是,核查大量的史实,经常碰到同一事件,不同的史书有不同的说法,有时候,想搞清楚一个历史条目,甚至要花去好几天时间。总算把海量的信息处理为符合成书要求的词条,又要经过编写团队的不断考问,且须与绘者沟通,推翻往复不少,删删减减,几乎无休无止。

过程虽然煎熬,但结果还算满意。这本书出版后,获得媒体和评选机构的肯定,在读者中反响也不错。最重要的是,在编写过程中,也是一次知识格式化的过程,很多认识原来是错的,还有大量的知识空白更是让人汗颜。所以,编写的过程也是学习的过程,重新阅读,也重新思考历史对我们的价值。

人生中,"记忆"是很重要的。我们每天都要经历很多事,每个人都在"书写"自己的"记忆",就像现在蔓延全球的"新冠"疫情,也会成为每个人抹不去的"记忆"。除了自己亲历的"记忆",我们还会去阅读和学习很多东西,这些慢慢也会组成个人的"记忆"。对每个人而言,"记忆"就是个人史。

而我们通常所说的历史,范围则更大,通常指集体的"记忆"、城市的"记忆"、民族的"记忆"或者国家的"记忆",当然,还有全球的"记忆"等。读历史,就是要将这些复杂的"记忆"慢慢转化为个人的知识和"记忆",进而形成自己的"记忆版图"。

我们中国人,一出生大脑里就内置了一套"中华文明操作系统",随着一点点成长,知识逐步积累,这套系统中不同的功能被慢慢启动。大多数人可能毕生只启动了系统中的千分之一甚至万分之一,就像我们用智能手机,往往限于打电话、发微信一样,强大的系统也许根本就没人关心。

中国历史无疑是中国人的"文明操作系统"中最重要的源代码,这套代码散落在五千年来的历代典籍中,通过一代又一代历史学家、思想家,不断地升级、迭代,形成如今这套超级无敌的"中国历史操作系统"。遗憾的是,我们现代人大多数看不懂古代源代码,尤其甲骨文和先秦文字;好在一代代历史学家,运用了不同的解码手段,打了无数补丁(注释、注解等),让今天的人也能看懂《春秋》《左传》《尚书》《礼记》等古代典籍。

我们要向历代的"历史程序员"致敬,是他们不懈的努力,让我们今天可以骄傲地以"五千年文明古国"

自居。本文旨在向大家推荐中国古代了不起的"历史程序员"和他们开发的"系统"（著作）。

二

首先来认识太史公司马迁。我们很熟悉司马迁和《史记》，也在中学课本中读到不少《史记》选段，但就其价值每个人看法则不同，在我心中司马迁是中国古代最了不起的人之一。

司马迁是汉武帝朝的人，出身历史世家，父亲司马谈是汉武帝朝主管天文、卜算的太史令。受家族的熏陶，司马迁"十岁则诵古文"，二十岁的一次大旅行差不多走遍了当时的中国，《史记·太史公自序》中说"余尝西至空桐，北过涿鹿，东渐于海，南浮江淮"。可以说，二十岁出头就"读万卷书，行万里路"。三十八岁时，父亲司马谈去世，子承父业，后成为西汉王朝的太史令，有机会饱览西汉国家图书馆的历代典籍。

公元前 104 年（汉武帝太初元年），司马迁在四十二岁这一年，开始了《史记》写作。中国从东周开始，各诸侯国就有设史官编写本国编年史的传统，多数诸侯国称这些史书为《春秋》，也有另外命名的。现在我们看到的《春秋》是鲁国的《春秋》，系孔子编修而成，记录了公元前722年（鲁隐公元年）到公元前481年（鲁哀公十四年），共计二百四十二年的历史。

这部幸存的《春秋》是中国最早的编年体史书，这部记录了二百多年历史的书，仅用了一万七千个字，实在太过简略；于是，之后出现了好几部为《春秋》作传的书，现存有《公羊传》《穀梁传》和《左传》。

秦统一六国后，秦始皇采纳李斯的主意，颁布"焚书令"，除了秦史、医药、卜筮、农法等实用书籍，其他书籍一律销毁，造成一大批先秦典籍彻底消失。这还不算致命，秦宫里保存的书籍容量毕竟巨大。然而是意图二世三世千万世的秦帝国，在秦始皇去世后迅速瓦解，项羽攻入秦都咸阳，一把火将秦宫烧个精光，"火三月不灭"，那些侥幸躲过秦始皇"焚书"的书，却没有躲过项羽这一把火。中国先秦典籍在这两次"书厄"中几乎消失殆尽。

刘邦草创的西汉，一时间找不到更好的历史参考，只好继续沿用秦制，好在到了文帝、景帝，推崇黄老之学，老百姓终于得以休息、生产。到了汉武帝朝，汉帝国迎来全盛时期，不仅国库充盈，历史、文化、书籍等方面也找补回来了，这就为司马迁写《史记》打下了基础。但是司马迁写《史记》可不是一帆风顺的，中间差点掉了脑袋。在"李陵之祸"中，司马迁被处以残酷的腐刑，但强大的信念让司马迁非完成《史记》不可。

司马迁在《太史公自序》和《报任安书》中比较详细地袒露了自己为什么非完成《史记》不可。他说：周公之后五百年，有了孔子，孔子之后五百年，刚好就是当朝，我该登场了。并且坚定地亮明自己的史观"究天人之际，通古今之变，成一家之言"。下面我们就来看看太史公了不起的地方有哪些。

1.《史记》一百三十篇，五十二万六千五百字，有十二本纪、三十世家、八书、十表、七十列传。记录上起三皇五帝，下至汉武帝时期近三千年历史。中国五千年历史，司马迁一个人就干掉了前面三千年。要不是司马迁，我们的历史从哪儿开始算起还未可知呢。事实上，我们现在对先秦的大多数历史的了解，还是依循《史记》的记录。后世大量的出土史料和考古发现，也证明司马迁的记录大多数是靠谱的。

2. 从司马迁开始，中国的历史书写有了新的范本，从依据时间记录国家、帝王为主的编年体，过渡到以人为主的纪传体书写模式。即便是记载天子的本纪中，司马迁也用他的"成一家之言"把灭秦的项羽和乱政的吕后写入本纪；把孔子、陈涉写入记载诸侯的世家之中。他还把那个年代没有太高社会地位的游侠、日者（算命的）、货殖（商人）、滑稽等写入列传，让二千年后的我们，知道历史上有郭解这样的游侠，司马季主这样的算命先生，计然这样的大商人，优孟这样滑稽的人。

3. 司马迁遭受腐刑这样的奇耻大辱，进到宫里在汉武帝身边当太监，直至成为中书令。司马迁之前以及之后，没有一个历史学家敢"成一家之言"写当朝以及当朝圣上的，司马迁敢。据说他写了《今上本纪》，也就是《汉武帝本纪》，尽管到东汉时就已经被销毁了。但司马迁依然在《史记》里埋了一个巨大的雷，在《封禅书》中，司马迁写了汉武帝和一个又一个方士的故事，他们都在迎合汉武帝想要封禅的想法，揭示汉武帝怕死的内心以及在鬼神问题上的劳民伤财。

4. 司马迁的《史记》，留存了很多历代文献。在《太史公自序》中，司马迁记录了司马家的史学传统，尤其对他父亲司马谈着墨很多。为了凸显他父亲的史学思想，全文收录了他父亲的代表作《论六家要旨》，使得这部作品得以流传至今。再比如汉初大儒贾谊，我们都知道他有一篇非常重要的作品《过秦论》，细数秦为什么灭亡，讲得有理有据，是非常有价值的一篇文章。而这篇重要作品，正因被司马迁全文收录在《史记》中，我们今天才有机会读到。类似的情况还有很多。

5. 司马迁确定了"正史"样式，本纪、列传成为后世"正史"的标准，《汉书》之后，"书"变成了"志"，但"纪传体"的传统一直延续下来。到唐朝官修《隋书》时，将"纪传体"确定为"正史"，《史记》就成为"正史"之首作。

6. 历史学家的任务，在于求真，在于考信，在于亮明立场。二千年前的司马迁做到的"究天人之际，通古今之变，成一家之言"，试问我们今天，有人能做到吗？在谣言满天飞，碰到问题就"甩锅"的今天，在疫情蔓延的今天，我们想过"究天人之际"吗？是什么原因让我们面临这样的灾难，为什么我们未能"通古今之变"呢？

司马迁和《史记》的了不起之处太多了，这里没法一一展开，我们唯有穿越二千多年的历史长河，用更多的插件和驱动程序，尽可能多地启动司马迁开发的这套系统，才能感受中国历史的伟大与丰富。再次向太史公致敬！

三

接着再来认识一位"历史程序员""大咖"，他老人家也姓司马，单字光。

从西汉司马迁到北宋司马光，历史行走了一千多年，中国的古人们可不闲着。不停的打打杀杀、分分合合，不断的王朝更替，给历代史学家留下无尽的书写素材。受了司马迁的影响，从东汉班固开始，中国进入了断代史代码模式，也就是说，每个程序只负责前朝的断代历史。

东汉班固写《汉书》，记录西汉帝国二百三十年史事，把西汉朝帝王、明星、大咖逐一纪传。司马迁自然也是大咖，被班固写入列传，但班固基本上原封不动地抄了《史记》中的《太史公自序》和《报任安书》，就成了《司马迁传》。此外，从汉高祖到汉武帝这段历史，基本上也是照抄《史记》。可见写同一段历史，想超过司马迁很难。但班固也有自己了不起的地方,他的《汉书》把《史记》中写制度史的"八书",变为"十志",尤其是新加的"艺文志"和"地理志"对后世影响很大。

从《汉书》开始,都是后朝学者写前朝的历史,这就避免了掉脑袋的危险。而且,其中多数是官修史书,有些皇帝还亲自参与。南北朝人范晔作《后汉书》,西晋人陈寿作《三国志》。到了大唐,修史更是自上而下的大事,唐太宗、高宗等亲自挂帅,召集朝廷大臣如房玄龄、褚遂良、令狐德棻等编南北朝诸国史,包括南朝四史《宋书》《齐书》《梁书》《陈书》,北朝四史《魏书》《北齐书》《周书》《隋书》。最后李延寿根据"八书"又修订了《南北史》。

这一千多年来,纪传体史书可谓独领风骚,从《史记》到《五代史》,共计一千五百卷。在宋人司马光看来,这太可怕了,没法读也不好传播,于是,他有心编一部简明扼要的通史。1066年,宋英宗授意司马光编一部贯通古今的史书,有了当今圣上的加持,司马光工作起来就顺手多了,朝廷还派了几位得力的助手,都是当朝的著名学者,其中刘攽是两汉专家,刘恕治魏晋南北朝史,范祖禹是唐史专家。儿子司马康打打下手并担任校对工作。

《资治通鉴》历经十九年编成，宋神宗看后大赞"博而得其要，简而周于事"。全书二百九十四卷，上起战国初期韩、赵、魏三家分晋（前403），下讫五代（后梁、后唐、后晋、后汉、后周）末年赵匡胤（宋太祖）灭后周以前（959），共计一千三百六十二年。这个编写团队效率非常高，治学也很严谨。有一次范祖禹捧着自己编好的六百卷《唐纪》，高高兴兴交给主编大人过目，结果没过多久被司马光删到了八十卷。

编写完《资治通鉴》后，他们当时在洛阳编书的两大间屋子，堆满了删掉的残余文稿。司马光利用剩余的材料又写了好几部书，如《通鉴考异》三十卷、《通鉴举要历》八十卷等，他的几个助手在编《资治通鉴》外也都有作品名世，比如刘攽的《东汉刊误》、刘恕的《通鉴外纪》、范祖禹的《唐鉴》等都是非常重要的历史著作。

四

没过多久，到了南宋，又一位"历史程序员"跳出来了，他是袁枢。

这位老兄看了司马光的《资治通鉴》，觉得还是部头太大，有没有更便于记忆和检索的办法呢？于是，他用自己的方法把《资治通鉴》中同一事件的原文按时间顺序摘抄在一起，再按上一个标题，就这样，这位老兄抄了好几年，终于把一千三百六十二年历史的《资治通鉴》抄编成二百三十九个专题，抄订成《通鉴纪事本末》，除标题外，袁枢没有增加一个字，就这样，凭借抄书，抄出中国史学编纂新的体例——纪事本末体。

中国史书编纂，自先秦至北宋，一直是编年体和纪传体轮流坐庄，编年体从《春秋》《左传》到《资治通鉴》，纪传体从《史记》《汉书》到《新五代史》。编年体讲究以时间为中心的发展顺序，讲究历史的完整性，但这种体例的问题是一件史事，经常会被时间分割成许多碎片；纪传体以人为主体，兼顾志、表等，但往往一件史事重复在不同人身上出现。纪事本末体则解决了这些问题，以史事为主，把时间和人物贯穿其中。

在袁枢创立纪事本末体后，明清两代产生了十几种纪事本末体史书，有《宋史纪事本末》《辽史纪事本末》《金史纪事本末》《元史纪事本末》《明史纪事本末》《清史纪事本末》等，成为史学编纂一大流派。

五

最后，再来介绍一位重量级的"历史程序员"，他叫郑樵。

郑樵生于北宋，卒于南宋，介于司马光和袁枢之间。这位老兄很酷，十六岁时，曾为太学生的父亲去世，他和堂兄郑厚在莆田附近的夹漈山搭了件茅屋，埋头苦读三十年，写了很多著作，《通志》是其中一种。郑樵很推崇司马迁和《史记》，于是立志要写一本像《史记》一样的纪传体通史。上起三皇五帝，下至隋朝。全书二百卷，五百多万字，是《史记》的十倍。

郑樵治学广博，对每一门学问都下足功夫，在他这里没有学问死角，可谓是史学通人。终身的志愿是把天下的学问汇集一处，"集天下之书为一书"，《通志》就是他志愿的落点。《通志》的精华在"二十略"，包括六书、七音、金石、昆虫草木等略。以一己之力，贯通古今全部学问，郑樵这样的治学态度和能力，的确让人佩服，也影响了后世很多学者。1161年，郑樵写完《通志》献给南宋朝廷，第二年春天就过世了。

《通志》和唐代杜佑的《通典》、元代马端临的《文献通考》合称"三通"。后两部在史学编纂体例中属于制度史，在制度史体例中，《通典》《文献通考》是贯通历代来写的；还有断代的制度史体例，私人编修的叫"会要"，官方编修的叫"会典"；在"正史"纪传体中，"书""志"一类就属于制度史的范畴，这个门类史籍也很多，这里就不展开了。

介绍完以上的史家与史籍，我给自己设计了一个"中国史籍书架"，希望有生之年能够读完上面的书，尽可能大范围启动"中国历史操作系统"。

中国史籍书架

孔子周游指南

小茶包正上小学二年级，从本学期开始，我们一起读《论语》，每天读一至两条。我读得不亦乐乎，他听得津津有味。于是，想借助《论语》中的篇章，梳理一下孔子周游列国的线路和言行，或可称为"孔子周游指南"。

孔子周游列国尽人皆知，但他老人家到底去了哪些国家，周游了多大版图呢？答案并不是那么清晰。本文，就来"走读"一番。

春秋末期，中国有多少个大小诸侯国呢？说法很多，一百四十多也好，一百七十多也好，不管哪种说法，一百多个肯定是有的，那么孔子周游列国去了多少国家呢?

七个。

你没看错,就是七个。主要在山东、河南地界,北不过黄河,南不过淮河。分别为:卫、曹、宋、郑、陈、蔡、楚。其中,曹只是路过一下,并没有停留。楚也只是到了边界叶城和负函(现信阳)等地,既没有深入腹地,也没有在楚当官。所以,所谓的周游列国,用现在的说法其实是"山东河南自由行"。

孔子周游列国历时十三年,自公元前496年至前484年,即孔子56—68岁期间。

> 子曰:"士而怀居,不足以为士矣。"——《论语·宪问》

我们先从孔子五十岁出来当官说起。

"五十而知天命",孔子觉得应该出来干一番事业了。这一年,阳货败走,三桓家族于是向孔子发出了邀请。我们再把时间往前推一推,先讲讲三桓家族和阳货的故事。

鲁桓公之后,鲁国掌权的是三大家族,分别是季孙氏、叔孙氏和孟孙氏，这三家出自鲁桓公三个儿子季友、叔牙和庆父，所以叫"三桓"。三桓中，季孙氏实力最强，大概占了鲁国一半的土地，另外两家平分另一半。季孙家族世代为司徒，主管财政和人事；叔孙家族世代为司马，主管军事和外交；孟孙家族世代为司空，主管民生和建设。三桓家族之外还有一个臧孙家族，世代为司寇，主管治安与司法。

鲁昭公能力一般，性情无常，当了几十年傀儡后，于鲁昭公二十五年（前517）在儿子们和新贵族的怂恿下，决定铲除三桓家族。然而在精心策划并发动攻击后，昭公还是被三家联合起来打败了，只好逃奔齐国。此时齐国国君为齐景公，他派人在齐鲁边境占领了郓城，来安置鲁昭公。季孙氏族长季平子选了鲁昭公弟弟姬宋当国君，即鲁定公。

鲁昭公流亡了七年，最后客死齐国。这七年，鲁国政治格局又发生了变化，季孙家族大管家阳货快速崛起，受到季平子提拔，带领鲁国军队不断攻打安置鲁昭公的郓城，也代表鲁国参加其他诸侯国的战争。阳货善战，不怕死。季平子去世后，儿子季桓子继位。此时，阳货实际上控制了季孙家族，进而控制了鲁国，成为鲁国最有权势的人。

阳货这货,和孔子有很深的瓜葛。孔子是个大高个,样子很怪,头上凸起一块像个小山丘,而阳货居然和他长得一模一样,难怪后世一直有人猜测孔子与阳货是同父异母关系。孔子十几岁就认识阳货,有一次孔子要去季孙家参加贵族聚会,当时阳货正在为季孙家做事,结果被阳货拦在门外不让进。自此,孔子一直避着阳货,尽量不与他正面接触。

阳货权力达到顶峰时,他想邀请孔子出来跟他干,《论语·阳货》详细记录了这个过程:

> 阳货欲见孔子,孔子不见,归孔子豚。孔子时其亡也,而往拜之,遇诸涂。谓孔子曰:"来!予与尔言。"曰:"怀其宝而迷其邦,可谓仁乎?"曰:"不可。""好从事而亟失时,可谓知乎?"曰:"不可。""日月逝矣,岁不我与。"孔子曰:"诺,吾将仕矣。"——《论语·阳货》

孔子虽然满口答应说"行,我将出来做官",但一直没有动静。阳货也没有再来找,那些年他正忙着四处征战——跟齐国一直打，还带兵去攻打郑国。阳货服从于当时的霸主晋国，很多仗都是应晋国要求打的。通过一次次战争，阳货越发暴涨了权力欲。鲁定公八年（前502），阳货决定扫除三桓家族。经过一轮凶险的内战，阳货战败，跑到晋国跟了赵简子。

鲁昭公和阳货这两轮内乱，把三桓家族吓得够呛，在阳货出奔之后，他们立即向孔子抛出了橄榄枝。从三十多岁开始授徒至五十岁，孔子已经在鲁国拥有很大的名声，加之门下那么多有才能的弟子，孔门已经是当权者不得不重视的一股势力。

犹豫再三，五十岁的孔子决定接受三桓的邀请，正式出来做官。他先做了一年中都宰，第二年就当了大司寇，取代了臧孙氏的地位，相当于鲁国四号人物。以孔子这样的出身，短短时间进入权力中枢，这在春秋时期是没有前例的。紧接着，孔子很多弟子也纷纷出来当官，大弟子子路任季孙家族大管家，就是以前阳货的角色。

孔子上任后率先一个举措就是外交转向，联合了齐、卫、郑等国组成以齐为核心的反晋联盟。两年后，孔子推行了他最重要的政治举措——堕三都，就是号召三桓家族拆掉他们自己封邑的城墙。一开始，三桓被孔子说得一愣一愣的，就同意了，拆到一半回过味儿来了，这么搞下去三桓家族的势力慢慢就被消解了。于是，三桓叫停了"堕三都"。

三桓家族渐渐发现，让孔子当这么大官会损害到三桓利益，决定把他打发走。孔子也渐渐发现，虽然自己官已经足够大，但还是无法解决鲁国最大的难题——三桓专权。鲁定公十四年（前496），孔子结束他在鲁国的政治生涯，决定出国碰碰运气。

这一年，孔子五十六岁，他带着颜回、冉有等众多弟子决定先去卫国。

　　鲁、卫之政，兄弟也。——《论语·子路》

鲁、卫都是姬姓，鲁国开国国君周公旦和卫国开国国君康叔是兄弟，周公旦是周文王四子，康叔是九子。周武王取商代周后，周公旦封于鲁，康叔封于卫。

　　子适卫，冉有仆。子曰："庶矣哉！"冉有曰："既庶矣，又何加焉？"曰："富之。"曰："既富矣，又何加焉？"曰："教之。"——《论语·子路》

冉有赶着马车，载着孔子来到卫国境内，孔子感叹："人好多啊！"冉有问："人多了怎么办？"孔子说："让他们富起来啊！"冉有又问："那富了以后呢？"孔子说："教化他们呀！"

孔子在卫国安定下来，见到卫灵公。卫灵公当然对他很客气，孔子在鲁从政时发起的"东方反晋联盟"，卫灵公也是积极参与者。卫灵公问孔子，鲁国给你开多少年薪啊？孔子如实回答：六万斗。卫灵公说，那我也给你这个数。但此时卫灵公被卫国内乱搅得有点烦，顾不上给孔子安排职位。

卫灵公是个风流成性的人，他夫人南子比他还风流。她嫁到卫国前，在母国宋国有个老相好公子朝，她让夫君把情人公子朝请来卫国定居，好方便偷情。卫灵公对南子夫人唯命是从。南子的风流事儿卫国人几乎都知道，太子蒯聩决心除掉这个风流后妈，不想南子获知后先跑到卫灵公那里哭闹告状，父子俩于是反目。太子蒯聩只好跑到黄河对岸投奔了晋国大贵族赵简子。

孔子不想卷入卫灵公家务事，决定先去南边的陈国转转。刚走出去没多远，就在郑国东北部的匡城被当地人抓了起来——误以为他是阳货。当年阳货带领鲁军攻打过郑国，当地人对阳货恨之入骨。谁让孔子长得跟阳货一模一样？他百口莫辩，赶忙托人去报告卫灵公。灵公派人赶来解释一番，匡城人终于放了他们。孔子一行又折返卫国，并受本地大贵族蘧伯玉邀请住到他们家。

>蘧伯玉使人于孔子，孔子与之坐而问焉。曰："夫子何为？"对曰："夫子欲寡其过而未能也。"使者出，子曰："使乎！使乎！"——《论语·宪问》

那时候游走各国，受当地什么人招待很重要。如果有大贵族招待，规格和交际圈自然不一样。上一次孔子到卫国，住在颜氏亲戚家，这次大贵族蘧伯玉主动邀请，孔子在卫国的形象就大为改观了。

总算安顿好了。卫灵公派人来说，他家宝贝夫人南子想见孔子。关于孔子与南子的见面，各种史料语焉不详，关于他们的绯闻却是满天飞。孔子大弟子子路是个暴脾气，他听说老师去见南子，跑过来质问：老师啊，搞不好你要落下和公子朝一样的名声啦！孔子急眼了，对天发誓道："我要是干了这种事，天打五雷轰，不得好死！"

子见南子,子路不说。孔子矢之曰:"予所否者,天厌之!天厌之!"——《论语·雍也》

经过见南子事件,孔子深感在卫国的确要小心为妙。没有祝鮀那么狡猾,公子朝那样的美貌,在卫国真不太好混。

子曰:"不有祝鮀之佞而有宋朝之美,难乎免于今之世矣。"——《论语·雍也》

于是,他带着弟子再次离开卫国,想去宋国,这是孔子祖先的故里。宋在卫南部偏东,孔子一行路过曹国却未曾停留,直接到了宋国。虽然是祖先故里,但孔子在宋国并没有熟人。宋国此时宋景公主政,他十分宠爱年轻英俊的贵族司马桓魋,这个桓魋不知道什么原因不喜欢孔子。因为没有贵族招待,孔子师徒们临时找了一个住处,住处外有棵大树,孔子就带着弟子们在大树下上课。

桓魋听说,派人把大树砍了。弟子们见这架势都劝孔子赶紧离开这里。孔子却还端着架子。

子曰:"天生德于予,桓魋其如予何?"——《论语·述而》

话说,春秋时期美男子还真多,前面讲到的公子朝就是著名的美男子,这个桓魋也是,卫国还有一个以男色著称的弥子瑕。宋景公宠幸桓魋,卫灵公则宠爱弥子瑕。

宋国的司马家族有个人叫司马牛,是桓魋的堂弟,他很不认同司马家族的很多做法,就跑到鲁国定居,还拜了孔子为师。《论语》中关于司马牛有好几条。其中一条很有名:

司马牛忧曰:"人皆有兄弟,我独亡。"子夏曰:"商闻之矣:'死生有命,富贵在天。'君子敬而无失,与人恭而有礼,四海之内,皆兄弟也。君子何患乎无兄弟也?"——《论语·颜渊》

狼狈离开宋国后,孔子一行向西边的郑国逃去。郑国和鲁国一样,政权被贵族垄断,在郑国执政的是"七穆"家族,分别为驷氏、罕氏、国氏、良氏、印氏、游氏、丰氏，都是郑穆公的后代。所以，被三桓家族排挤出鲁国的孔子，不可能得到郑国贵族的欢迎。

在宋、郑受到冷落，孔子一行该何去何从？西边是秦国，这是蛮夷之国，孔子不想去。他们决定继续往南，去陈国和蔡国，这两个都是中原古国，夹在楚和吴两个大国之间，被两国交替争夺和控制。孔子想借机观察一下吴、楚这两个蛮夷之国。

和宋、郑不同，陈国很欢迎孔子的到来，陈国的司城贞子主动请孔子一行住到他家里，并且把孔子引见给陈闵公。陈国此时是楚国的附庸国，没有鲁、宋那样的大贵族执政，陈闵公请孔子做政治顾问，给他很丰厚的待遇。但是孔子并不满足于做顾问，他更想获得实权。在陈国待了一年多，陈、蔡两国又陷入吴、楚争斗之中，孔子觉得住在这儿也不太安全，决定北返。

鲁哀公元年（前494），孔子带着弟子们踏上北归之路。先回鲁国老家蛰伏了一阵，住在小时候生活的母亲老家，暂时忘却在外漂泊的艰辛与无奈，也暂时放下心中那股当官的念头。

过了一段安宁日子，孔子和弟子们又上路了。第一站又到卫国，还是住在蘧伯玉家。卫灵公此时还没解决和太子蒯聩的问题，无奈之下，他册立蒯聩的儿子做继承人，等他死了直接由太孙继位。但太孙年纪还小，卫灵公希望孔子能辅佐他，并且希望孔子帮忙承担起对抗晋国的重任。

> 卫灵公问陈于孔子。孔子对曰："俎豆之事，则尝闻之矣；军旅之事，未之学也。"明日遂行。——《论语·卫灵公》

孔子表态说："排兵布阵打战的事，我从来没学过。"第二天就离开了卫国。孔子一行自卫又去了陈，不久听到消息，卫灵公去世了。太孙继位，即卫出公。

孔子弟子们很担心卫国的事，尤其担心小国君卫出公撑不住。弟子子贡是卫人，他们就让子贡去试探孔子。

> 冉有曰："夫子为卫君乎？"子贡曰："诺。吾将问之。"入，曰："伯夷、叔齐何人也？"曰："古之贤人也。"曰："怨乎？"曰："求仁而得仁，又何怨？"出，曰："夫子不为也。"——《论语·述而》

问完，子贡出来说，完了，老师打定主意不管卫国的事了。后来，大弟子子路则为保护卫出公而被砍成肉酱。

在陈国又住了两年，孔子带着弟子继续南下去蔡国。在蔡楚边界叶城，孔子见到了叶公诸梁，两人一见如故。《论语》中有好几篇记录叶公与孔子及弟子们的互动。

> 叶公问政。子曰："近者悦，远者来。"——《论语·子路》
>
> 叶公问孔子于子路，子路不对。子曰："女奚不曰，其为人也，发愤忘食，乐以忘忧，不知老之将至云尔。"——《论语·述而》

孔子一行在蔡国新都州来也住了小两年。陈、蔡这几年，孔子一行基本没找到当官的门道，一晃就过去了。

> 子曰："从我于陈、蔡者，皆不及门也。"——《论语·先进》

和叶公的交往，让孔子觉得蛮夷也没那么没文化嘛，于是有了去楚国看看的想法。刚好楚昭王也听叶公说起过孔子，很想见识一下。于是派人给孔子捎信，欢迎孔子去楚国看看。蔡国是吴国的附庸国，听说孔子要去楚，怕对蔡国不利。于是在孔子一行走到陈、蔡边境时，蔡人把孔子一行团团围住，不让他们去楚。于是双方就在陈、蔡边境僵持着。

在陈绝粮，从者病，莫能兴。子路愠见曰："君子亦有穷乎？"子曰："君子固穷，小人穷斯滥矣。"——《论语·卫灵公》

聪明的子贡设法逃了出去通知楚昭王，楚王派军队来解围，孔子终于见到了楚昭王。不久，楚昭王病逝于前线，楚人对昭王去世感到十分痛惜。

楚狂接舆歌而过孔子曰："凤兮凤兮！何德之衰？往者不可谏，来者犹可追。已而已而！今之从政者殆而！"孔子下，欲与之言。趋而辟之，不得与之言。——《论语·微子》

在留楚还是北归问题上，孔子思前想后还是决定北归。

> 子曰："夷狄之有君，不如诸夏之亡也。"——《论语·八佾》

鲁哀公六年（前489），六十三岁的孔子和弟子们又回到卫国。此时，卫出公已在位四年，实际掌权的是大贵族孔文子。孔文子很欢迎孔子一行到来，并邀请子路做自己家的邑宰（大管家），另一个弟子高柴也在孔文子家做事。可以说，孔门在卫国算是扎下根了。孔子这次在卫国又住了五年。

孔子在外飘零的这些年，孔门弟子在鲁国也四处开花，各个机构都有孔门弟子掌权。可以说，孔门现在是鲁国除三桓家族外最有实力的团队。孔子有位不挂名的贵族弟子子服景伯此时正在鲁国主管外交，子贡也回到鲁国从事外交工作。冉有在季孙家任大管家，另一位樊迟（子须）也在季孙家做事。除了上述诸位，孔门弟子当官的还有宓不齐（子贱）、言偃（子游）、高柴（子羔）、卜商（子夏）、宰予（子我）等等。

此时季孙氏当家人是季康子。季康子非常信任冉有，经常问他老师孔子的情况。冉有觉得，是可以请老师回鲁国的时候了。

鲁哀公十一年（前484），在外飘零了十三年的孔子，终于在六十八岁时回到鲁国，之后再没离开，直到七十三岁去世。

孔子最后这五年，季康子待他完全是国师的礼遇。《论语》里记录了不少季康子求教孔子的对话。

> 子言卫灵公之无道也，康子曰："夫如是，奚而不丧？"孔子曰："仲叔圉治宾客，祝鮀治宗庙，王孙贾治军旅，夫如是，奚其丧？"——《论语·宪问》

> 季康子问："仲由可使从政也与？"子曰："由也果，于从政乎何有？"曰："赐也可使从政也与？"曰："赐也达，于从政乎何有？"曰："求也可使从政也与？"曰："求也艺，于从政乎何有？"——《论语·雍也》

孔子弟子多为季孙家做事，孟孙家有所顾忌。此时孟孙家孟武伯为族长，他也向孔子打听弟子们的情况。

> 孟武伯问:"子路仁乎?"子曰:"不知也。"又问。子曰:"由也,千乘之国,可使治其赋也,不知其仁也。""求也何如?"子曰:"求也,千室之邑,百乘之家,可使为之宰也,不知其仁也。""赤也何如?"子曰:"赤也,束带立于朝,可使与宾客言也,不知其仁也。"——《论语·公冶长》

晚年的孔子成为唠唠叨叨的老头,经常骂那些当官的弟子们,总是瞒着他干一些"无道""不仁"的事情。这就是春秋晚期的官场,很多事情没法按孔子的标准去实行;加上鲁国依然是三桓专权,一代更比一代霸道。孔子对此非常不满。

> 孔子曰:"禄之去公室五世矣,政逮于大夫四世矣,故夫三桓之子孙微矣。"——《论语·季氏》

孔子晚年最重要的工作就是编订诗、书、礼、乐、易、春秋——"六经"。"六经"为儒家经典,对后世中华文明有着深远的影响。关于"六经",又是复杂而深刻的话题,本文就不展开了。

七十岁那年,孔子对自己的一生做了深刻而精练的总结。

子曰:"吾十有五而志于学,三十而立,四十而不惑,五十而知天命,六十而耳顺,七十而从心所欲,不逾矩。"——《论语·为政》

《礼记·檀弓下》:

孔子蚤作,负手曳杖,逍遥于门,歌曰:"泰山其颓乎,梁木其坏乎,哲人其萎乎。"既歌而入,当户而坐,子贡闻之,曰:"泰山其颓,则吾将安仰?梁木其坏、哲人其萎,则吾将安放?夫子殆将病也。"

七天后,孔子去世。

参考资料:
《孔子大历史》,李硕,世纪文景|上海人民出版社,2019年4月
《去圣乃得真孔子》,李零,生活·读书·新知三联书店,2008年3月
《先秦诸子系年》,钱穆,商务印书馆,2015年12月
《史记·孔子世家》
《史记·仲尼弟子列传》

亲子象棋与楚汉相争

小时候爱下象棋,每天缠着哥哥们下,虽然哥哥们多半"让"车马炮,我却一次次被杀得片甲不留。屡败屡战,屡战屡败,在无数次殊死拼杀后,终于摸到了一些象棋门道,也曾代表所在小学参加全县的象棋比赛,取得不错的战绩。不过象棋水平始终停留在小学水平,初、高中住校,同学中也少有象棋爱好者,但我的这一爱好就没再延续了。

谁知几十年后,又被小茶包缠着下象棋,小家伙的热情让我仿佛看到小时候的自己。借着这股热情,我一边给他讲解象棋的走法、棋局等,顺便还讲一些楚汉相争的故事。尽管象棋的起源与发展有着无数种说法，我更倾向于借重楚汉相争这一历史背景。所以，我就借象棋对弈讲讲楚汉相争。

一副象棋，有红、黑两色各十六棋子。红有：一帅二仕二相二车二马二炮五兵；黑有：一将二士二象二车二马二炮五卒。红黑各据一边，中间楚河汉界。

天下苦秦久矣

秦二世元年（前209）秋，陈胜、吴广在蕲县大泽乡起义，一时间诸侯势力并起，其中，楚国项梁、项羽叔侄势力最盛。沛县泗水亭长刘邦阴差阳错也搅入秦末大乱之中，带领沛县子弟上千人投入项梁帐下，项梁给了他五千人马，刘邦始有攻城略地的实力。

秦二世二年（前208）九月，秦军调动全部军力在章邯指挥下全攻楚军，在定陶大败楚军，项梁战死。章邯杀败项梁后，引军北渡黄河，四十万大军围攻赵国巨鹿城。楚怀王以宋义为上将军，项羽为次将，范增为末将，领兵十万救赵。宋义行军至安阳，逗留四十六日不攻。项羽遂杀宋义，楚怀王只好任命项羽为上将军。项羽"破釜沉舟"渡过黄河,与赵军里应外合大破秦军,威震诸侯,成为诸侯上将军。

与此同时,楚怀王命刘邦领兵西攻咸阳。关中咸阳是秦朝国都,秦末大乱之际,各诸侯约定,"先入定关中者王之"。前206年十月,刘邦第一个进入关中,秦王子婴降。在张良、樊哙等建议下,刘邦没有自立为关中王,而是封存秦都,退居霸上。

十二月,项羽大军至。有人告密说"沛公欲王关中,令子婴为相,珍宝尽有之"。项羽大怒,欲进击刘邦。之后,就上演了精彩的"鸿门宴"。

> 居数日,项羽引兵西屠咸阳,杀秦降王子婴,烧秦宫室,火三月不灭;收其货宝妇女而东。人或说项王曰:"关中阻山河四塞,地肥饶,可都以霸。"项王见秦宫皆以烧残破,又心怀思欲东归,曰:"富贵不归故乡,如衣绣夜行,谁知之者!"说者曰:"人言楚人沐猴而冠耳,果然。"项王闻之,烹说者。——《史记·项羽本纪》

前207年,秦始皇设想的一世二世三世千千万万世的秦帝国,仅短短十五年就亡了国。

楚汉相争

东归后,项羽自立为西楚霸王,定都彭城(今徐州市),并按他的规矩分封诸王。刘邦被封为汉王,据汉中、巴、蜀之地,都南郑。另封秦降将章邯为雍王,司马欣为塞王,董翳为翟王,三分关中,以防刘邦东归。项羽共封了十八个诸侯王。

这一任性的分封引来很多不满和反抗。前206年七月,旧齐国贵族田荣在三个月内消灭了项羽封的齐国、胶东国和济北国,自立为齐王。八月,项羽率大军伐田荣。次年正月,田荣兵败身亡,田荣的弟弟田横拥立田荣儿子田广为齐王继续对抗项羽。

也是项羽伐田荣那年八月,在汉中南郑待了四个多月的汉王刘邦,在韩信等建议下暗度陈仓,杀回关中,快速击败关中三王章邯、司马欣、董翳,占据关中,正式成为关中王。楚汉相争自此拉开序幕。

此时项羽主力在齐乱中根本抽不出身,前205年三月,刘邦继续东进引兵占领洛阳,听说楚怀王已经被项羽所杀,并发告诸侯曰:

天下共立义帝，北面事之。今项羽放杀义帝于江南，大逆无道。寡人亲为发丧，诸侯皆缟素。悉发关内兵，收三河士，南浮江汉以下，愿从诸侯王击楚之杀义帝者。——《史记·高祖本纪》

　　四月，刘邦纠集常山王张耳、魏王豹、韩王信、河南王申阳和殷王司马卬等五路诸侯近六十万大军攻克彭城。项羽听闻大怒，自引三万骑兵回击。彭城之战，可谓是中国古代战史上最悬殊的以少胜多战例。正当汉军沉浸在占领彭城的兴奋中，长途奔袭的楚军三万骑兵突然杀回彭城，大破刘邦大军。汉军一路溃败，死伤二三十万。刘邦虽狼狈脱逃，父亲刘太公和妻子吕雉被俘，只得收拾残部退守荥阳。楚汉相争进入相持阶段。

鸿沟约定

　　彭城一战，刘邦元气大伤。项羽在范增力主之下继续追击刘邦，把荥阳围得水泄不通，意欲一举消灭刘邦。情况危急，刘邦在陈平谋划下，离间项羽和范增，导致项羽对亚父范增不再信任，范增一气之下告老还乡。项羽一度攻下荥阳，刘邦继续狼狈脱逃。

即使在这么被动的情形下，萧何经营的稳固关中后方仍为刘邦提供源源不断的动力，使其迅速恢复元气。此时，九江王黥布也归附了刘邦，加上"游击战大师"彭越在巨野泽，不断对项羽后方形成干扰。同时，刘邦阵营里的军事天才韩信逐一攻克北方赵、代、齐、燕等诸侯国，汉军再次对楚军形成围攻之势。

相持一段时间后，项羽腹背受敌，粮草不继，于是，只好与刘邦签订盟约，送还家眷，以鸿沟为界，中分天下。

> 项羽恐，乃与汉王约，中分天下，割鸿沟而西者为汉，鸿沟而东者为楚。——《史记·高祖本纪》

将和帅

至此，终于划清了楚河汉界。开战吧！

黑方为"将"，红方为"帅"。将和帅是象棋的首脑，也是双方一决胜负的目标。它们只能在"九宫"之内活动，每次只能按竖线或横线走动一格。

我们暂且把将、帅对应为刘邦和项羽。此时，强秦虽然已灭，但刘邦和项羽还不是皇帝，项羽自立为西楚霸王，封刘邦为汉王。在楚汉相争格局中，他们就是军中的将和帅。

楚汉相争那几年战事对决中，一直是刘邦败，刘邦再败，项羽就是个常胜将军。尤其是彭城之战，刘邦更是一败涂地，狼狈不堪，差点连老命都丢了。

作为将帅，项羽和刘邦的出身有着天壤之别。项羽乃楚国军事世家出身，爷爷是楚国名将项燕，父亲项渠早逝，他跟着叔叔项梁长大。秦末大乱之际，项家凭借其军事世家的影响力快速崛起，成为当时最强盛势力之一。而刘邦呢，只是沛县一个小混混，最后也只混成泗水亭长。可以说，在他身上看不到一点点将帅的潜质。

项羽是天生的将帅之才，他的军事才能在秦末诸将中大概只有韩信能望其项背。所以，在大乱之际，他能快速崛起，短短三年消灭强秦，当时的各诸侯势力，没有一个能有如此实力和能力。然而，马上打天下，未必能马上治天下，在和刘邦的楚汉相争中，短短不到五年，天下成了刘家的天下。

刘邦则不同，他在秦末之际与项羽有着完全相反的作为。凡是项羽做的他就不做：项羽杀伐暴烈，他则宽厚仁慈；项羽独断专行，他则兼听则明；项羽一味征战，他则早早下马思虑天下；项羽是一个人在战斗，他则领着一个集团。刘邦虽非将帅之才，却有王者才能有的度量和弹性。

仕象和士相

在象棋的世界里，仕/士和象/相貌似没什么大用，围在将帅旁边，只能按固定路线行走，而且永远过不了对方半场。然而，对弈双方棋手，有"让"车马炮的，但从来没听说过"让"仕/士和象/相的。

对于棋手们来说，"士相全"是制胜法宝。只有后方稳固，车马炮才能真正发挥威力，到对方半场攻城略地，杀马折相，最后大喊一声"将"，赢得棋局。

红方为"仕"，黑方为"士"。它们的行棋路径只能是九宫内的斜线。士一次只能走一个斜格。红方为"相"，黑方为"象"。它们的走法是每次循对角线走两格，俗称"象飞田"，且活动范围限于"河界"以内的本方阵地，不能过河。仕/士和象/相的特点是它们会自我保护，围成一圈护着将帅。

刘邦和项羽的胜负很大程度上取决于士相团队。刘邦身边有一群这样的能士贤相，张良、萧何、曹参、陈平、周勃、郦食其等举不胜举，这些人在不同方面发挥着不同作用，对刘邦夺得天下起着决定性作用。太史公司马迁的《史记》，为刘邦团队成员立了很多传。其中，五大功臣列为世家：萧何有《萧相国世家》，曹参有《曹相国世家》，张良有《留侯世家》，陈平有《陈丞相世家》，周勃有《绛侯周勃世家》。此外，韩信有《淮阴侯列传》，樊哙、郦商、夏侯婴、灌婴四人有合传《樊郦滕灌列传》，张苍、周昌、任敖、申屠嘉四人则写在《张丞相列传》里，还有《刘敬叔孙通列传》，以及三位近卫傅宽、靳歙和周缉合传为《傅靳蒯成列传》。

项羽身边有谁？只有一位——范增。

可以说，刘邦身边一直"士相全"，相互保护，相互补充，怎么攻都攻不破。有人倒下，就有人迅速补充进来。这就是为什么刘邦一次次被项羽打得狼狈脱逃，却总能快速卷土重来。鸿门宴上，有张良为他筹划，并且赢得项羽叔叔项伯的保护，得以全身而退；彭城之战，一阵莫名其妙的大风刮得楚军睁不开眼，刘邦得以临阵逃脱；荥阳失守时，纪信冒死顶替刘邦投降，让刘邦有机会从另一个门逃脱……

而项羽从一开始就只有"独臂士相"，只有范增能在项羽面前说上话，但大多数的决定，都是项羽自己说了算，他很少听得见别人的建议。最后，连范增也被陈平用计拔掉，项羽成了光杆将帅。下棋的人都知道，一旦成为光秃秃的将帅，离失败就不远了。对方拱几个兵卒过来可能就"将"死了。

刘邦和项羽这一局棋，从一开始项羽就输了。象棋是步步为营的棋类游戏，不做好稳固的防守，单纯进攻会让自己陷入重重危机。

刘邦占据关中，基本上保证了自己后方安全无恙，然后有足够的实力和多点发力的攻略，向东和项羽展开拉锯战。而项羽后方一直不安生，彭越一直骚扰他，还有多位诸侯起兵反楚，项羽不能坐镇中央，总是疲于奔命，四处征战，最后，都城彭城都被刘邦占据了。虽然闪电式的彭城之战打得很漂亮，差点全面歼灭刘邦，但打了那么多胜战，项羽所能控制的区域却越来越小。

鸿沟议和时，虽然双方东西分界，但当时项羽能控制的区域其实已经很有限。和约签订后，项羽就带上队

伍罢兵东归。刘邦本也想西撤,张良和陈平力劝说:

> "汉有天下太半,而诸侯皆附之。楚兵罢食尽,此天亡楚之时也,不如因其机而遂取之。今释弗击,此所谓'养虎自遗患'也。"汉王听之。汉五年,汉王乃追项王至阳夏南,止军,与淮阴侯韩信、建成侯彭越期会而击楚军。——《史记·项羽本纪》

刘邦没道理不听张良、陈平建议。汉五年(前202),刚刚签订和约没多久,趁着项羽撤兵之时,刘邦撕毁和约,举兵追击项羽,到阳夏南边,让部队驻扎下来,并和韩信、彭越约好日期会合,共同攻打楚军。项羽一路挡一路退,始终没能得以喘息,直到退至垓下,被刘邦、韩信、彭越等多路大军团团围住。四面楚歌,英雄末路。

车马炮兵卒

车马炮兵卒是象棋中的主要战斗力,它们在楚河汉界上来回穿梭,攻防转换。

在运用战斗力方面，项羽有着超出常人的能力，他带领的军队，有着超强的战斗力。巨鹿之战以十万军力剿杀秦军二十万，作壁上观的列诸侯军队都看傻眼了。

在象棋中，大多数人喜欢用车，觉得车是最厉害的棋子。无论横线、竖线车均可行走，只要无子阻拦，步数不受限制，用起来特别顺手。可谓几无天敌，见谁杀谁。

秦汉之际，拥有足够多的战车基本上就是胜利的保证。那时候，一辆战车的费用是非常高昂的，每乘战车前驾四马，甲士三人。千乘战车就是重型装甲部队，可在战争中发挥重要作用。项羽自然是战车高手，楚的实力也养得起足够多的战车。刘邦阵营里，韩信、樊哙、灌婴等人也是战车高手。

象棋中，马不是战斗力最强的兵种，它只能走"日"，而且总是被各种棋子绊住，磕磕绊绊，速度很慢。但是，每个棋手都有自己的用兵习惯，有些人就擅长用马，喜欢马攻。我就是马攻爱好者。

项羽也是马攻高手。彭城之战更是以少胜多的典范。项羽带着三万骑兵完胜刘邦六十万大军，剿杀刘邦二三十万人马。这样的战斗力真如有天助。在那个没有马镫的时代，项羽的骑兵是如何具备这样的战斗力的？真是匪夷所思。

炮在秦汉之际应该还没有大规模应用于战争。早期所谓的"炮"，大概就是抛石机，主要用来进攻城池，向城内抛射石头石块等，给己方攻城创造契机。

炮在象棋中有比较强的杀伤力，只要隔一个棋子，就能轰对方棋子。刚开局时，炮的杀伤力特别强，左右开弓，总有斩获。其中，"连环炮"和"马后炮"比较致命，但对于有一定常识的棋手，不会给对方形成这两招的机会。

我特别怕碰见象棋生手，他们通常一上来先用炮轰对方马，我这个马攻爱好者，丢失双马就跟丢了魂一样。车马炮有各自的威力和功能，在棋局中，最好这三个兵种完整，这样攻击起来更有章法。

兵卒是所有部队的基本战斗力。秦汉之际，已经进入人海战术阶段，战斗双方动辄几十万大军，胜负之间，伤亡巨大，几十万大军可能转瞬即逝。

象棋中的兵卒，一开始就是"炮灰"，因为挡着车马炮过境，总是率先被清理。然而越到局末，双方拼杀差不多了，这时候就看哪方兵卒多，多一个小小的兵卒，也许就锁定了最终的胜局。在很多僵持的棋局中，兵卒往往是最后一"将"的人。

项羽在乌江边自刎前，见的最后一批汉军，就是一些兵卒。

> 乃令骑皆下马步行，持短兵接战。独籍所杀汉军数百人。项王身亦被十余创。顾见汉骑司马吕马童，曰："若非吾故人乎？"马童面之，指王翳曰："此项王也。"——《史记·项羽本纪》

最后，王翳得了项羽的头颅，吕马童、杨喜、吕胜、杨武各得到项羽身体的一部分，回去后因此都被封了侯：王翳为杜衍侯，吕马童为中水侯，杨喜为赤泉侯，吕胜为涅阳侯，杨武为吴防侯。

PS

本月主题为"首都计划"，本来想写刘邦和项羽的"首都计划"，没想到写着写着掉"鸿沟"里，完全跑偏了。最后拐回来，谈一下刘邦和项羽的"首都计划"。

前面讲了，项羽引兵西屠咸阳，杀秦降王子婴，烧秦宫室，火三月不灭。有人过来劝项王："关中阻山河四塞，地肥饶，可都以霸。"建议他在咸阳定都。项羽其实听进去了，但回头一想，自己一时手滑把秦宫都烧了，只好找个借口说："富贵不归故乡，如衣绣夜行，谁知之者！"那个劝说他的人私下跟别人说："人言楚人沐猴而冠耳，果然。"结果，这话传到项王耳朵里，于是，项羽"烹说者"，把那人给煮了。然后回到彭城定都，自立为西楚霸王。

再看刘邦。公元前202年正月，刘邦在定陶即帝位。"天下大定。高祖都洛阳，诸侯皆臣属。"但有两个人不同意定都洛阳，一是娄敬（后被赐刘姓，改名刘敬），另一位是张良。

娄敬曰：

且夫秦地被山带河，四塞以为固，卒然有急，百万之众可具也。因秦之故，资甚美膏腴之地，此所谓天府者也。陛下入关而都之，山东虽乱，秦之故地可全而有也。夫与人斗，不搤其亢，拊其背，未能全其胜也。今陛下入关而都，案秦之故地，此亦搤天下之亢而拊其背

也。——《史记·刘敬叔孙通列传》

听了娄敬的劝,刘邦还在犹豫。左右大臣皆山东人,多劝上都雒阳:

"雒阳东有成皋,西有崤黾,倍河,向伊雒,其固亦足恃。"留侯曰:"雒阳虽有此固,其中小,不过数百里,田地薄,四面受敌,此非用武之国也。夫关中左崤函,右陇蜀,沃野千里,南有巴蜀之饶,北有胡苑之利,阻三面而守,独以一面东制诸侯,诸侯安定,河渭漕挽天下,西给京师;诸侯有变,顺流而下,足以委输。此所谓金城千里,天府之国也,刘敬说是也。"——《史记·留侯世家》

于是高帝即日车驾,西都关中。且曰:

"本言都秦地者娄敬,'娄'者乃'刘'也。"赐姓刘氏,拜为郎中,号为奉春君。——《史记·刘敬叔孙通列传》

这就是项羽和刘邦在"首都计划"上不同的选择。项羽不听人劝,那人多唠叨几句,还把人给煮了。刘邦虽然很想定都洛阳,但听了娄敬和张良的建议后,"即日驾,都关中"。虽然"首都计划"不是楚汉相争最关键的因素,但通过这件事情就可以看出,项羽最后败于刘邦是必然的必然。

2020 年 10 月 26 日
于中关村

参考资料:
《史记》
《史记的读法:司马迁的历史世界》,杨照,广西师范大学出版社,2019 年 11 月
《纸上谈兵:中国古代战争史札记》,张明扬,山西人民出版社,2020 年 9 月
《史记地图集》,许盘清,地震出版社,2017 年 10 月
《历史的空间与空间的历史:中国历史地理与地理学史研究》,辛德勇,北京师范大学出版社,2013 年 1 月

寻访之旅和读城之思

这些年，以走读的方式书写历史越来越受到青睐，相关著作也屡见不鲜。如北大罗新教授的《从大都到上都》，考古学者罗丰的《蒙古国纪行》，耿朔等人的《问彼嵩洛：中原访古行记》，浙大吴铮强教授的《寻宋》，等等。这些著作读来生动、真实，甚至有一种亲近感，似乎历史与当下有一种潜在的链接，可以任人展开多重想象。

而走读写作者中，最勤奋、最具规模和计划性的当数藏书家韦力。疫情这一年，我把韦力著作系统读一遍，已经读完《上书房行走》《古书之美》《硃痕探骊》《得书记》《失书记》《琼琚集》，芷兰斋书店寻访三部曲之《书店寻踪》《书肆寻踪》《书坊寻踪》。接下来开始读部头较大的"觅系列"，这个系列目前已经出版有七辑，已经读完《觅经记》和《觅理记》；这两辑构成完整的"中国经学之旅"，比读枯燥的《中国经学史》要有趣得多。还有《觅宗记》《觅文记》《觅诗记》《觅词记》《觅曲记》待啃。

韦力的书有一些鲜明的关键词：觅、探、寻……这些著作都是他用双脚一点点走出来，记录下来的，再加上大量的阅读和资料爬梳，才形成如今七辑共十四卷的"觅系列"。此外，还有《书楼寻踪》《书楼觅踪》《书楼探踪》《书魂寻踪》《寻访官书局》《书院寻踪》等探寻藏书家、藏书楼、官书局和书院的系列寻踪作品。越读越佩服韦力强大的精神力量和超常的行动能力。

读韦力，也是跟着他的脚步去探寻、去发现。有时候为他揪心，有时候为他操心，更多时候跟着他一起快乐，体验发现的乐趣。

韦力这些年四处寻故居，觅古墓，几乎都在乡村和大山里转悠。这给他的寻访增加了极大的难度，那些地方不仅难找，有些甚至荒无人烟，连导航都无法辨识。

以至于，在寻访途中被碑石砸到腿，无法得到及时救治而永失一腿。

对照历史，韦力寻访的人物，在古代，其实都可谓都市人，或者国人（城里的人）。拿《觅经记》来说，"觅经"顾名思义就是"中国经学之旅"。韦力把目标锁定为"十三经"，凡是与"十三经"发生密切关系的人和地点都是他寻访的重点，包括《觅理记》中的宋明理学人物。

我们先来看一下"十三经"形成过程：儒家最早的经典为六经，《诗》《书》《礼》《乐》《易》《春秋》；其中《乐经》早佚，便只有五经。汉武帝独尊儒术，将五经列为官学；唐代加《周礼》《礼记》，并将《春秋》分为《春秋左氏传》《春秋公羊传》《春秋穀梁传》，变成九经；至唐文宗开成年间又加《孝经》《论语》《尔雅》为十二经；南宋增《孟子》，十三经确立。

虽叫"十三经"，但只有《诗》《书》《礼》《易》《春秋》称为"经"，《左传》《公羊传》《穀梁传》属于解《春秋》之"传"，《礼记》《孝经》《论语》《孟子》为"记"，《尔雅》则是汉代经师的训诂之作。"十三经"，"经"的地位最高，"传"和"记"次之，《尔雅》又次之。

韦力的"十三经之旅",铺开来是一张巨大的网。《觅经记》和《觅理记》共计寻访了113位经学人物,还有石渠阁、白虎观等经学地标;每个人物有时候涉及故居、墓地、纪念馆、讲经处等多处地标,这样算起来就是几百处之多。这种弄法是不是性价比太低了?韦力自己也坦言这是个笨办法,但没找出更好的方法。

一篇经学家寻访记,也许真正谈及其故居或墓地只有区区几百或者千字,但就是这短短的几百字,却需要韦力亲自走现场检验才能得到真实的答案。文献记载和网络搜索都作不得数,大多数情况下,记载和实际有着很大差距。

都市的变迁在韦力的寻访之旅中体现得特别明显。那些古代为国都或大都市的地方,经过几百、几千年后,如今可能只是个小小的村庄;还有些古代地名和现今地名已经完全不一样,更是如大海捞针。所以,寻访之旅走了太多的冤枉路。有时候千辛万苦找到某位古人的墓穴,却发现已是一个深坑;有时候历尽艰辛访到故居,却吃了闭门羹。这样的寻访过程比比皆是,但韦力相信双脚的力量,相信真实的感染力,在一次次失望和遗憾中,又一次次踏上寻访之旅。

举两个例子。

其一

东汉经学大师马融有两位著名弟子，一是郑玄，二是卢植。在经学史上，郑玄无疑名气最大，贡献也最巨，被称为"经神"。郑玄遍注经书，是东汉经学集大成者，流传下来的《毛诗注疏》和《三礼注疏》更是经学史上的经典。其次就是他们的老师马融，在东汉当世就被誉为"通儒"，有弟子几千人，所注之《古文尚书》是经学史上名著。

卢植虽然也有经学成就，对"三礼"尤有研究，所著《三礼解诂》等亦是经学名著；但我们对卢植的认识，主要来自《三国演义》。他是"三国"里重要的人物，有很强的军事才能，在平叛黄巾军中发挥着奇功；而且敢于站出来反对董卓，后来又被袁绍觅为军师。他有两位弟子更是三国重磅人物，即刘备和公孙瓒。

在后世的影响力，卢植比他老师马融和师弟郑玄更广为人知。从寻墓结果来看尤为明显。马融的墓在陕西咸阳市兴平市汤坊镇汤坊村，韦力找到这个村子的一片墓群，费心寻找却踪迹全无。面对坟群，韦力无限感叹和遗憾。郑玄比老师马融幸运，郑玄故地位于山东潍坊市高密市双羊镇郑公村，现在有郑公祠，一座二层小楼，系山东省重点文物保护单位；郑玄墓在郑公祠后面，有墓碑，刻有隶书"汉郑康成先生之墓"。

卢植的故地在河北保定涿州市清凉寺卢家场村，卢氏祠堂占地十几亩，外观看起来像个寺院，很具规模。祠堂院内更是面积很大，光墓庐就占地约二百平方米，高六米，墓碑高一米多，用小篆刻着"卢植墓"。祠堂内挂着"范阳卢氏远族世系"，记录着这个世系中的重要人物，其中居然有六祖慧能、韩国前总统卢泰愚等，可见范阳卢氏望族的枝繁叶茂。从魏晋到南宋，卢氏望族出身的宰相、尚书、刺史、太守等一百多人。如此祖宗圣地，自然吸引世界各位卢氏族人前来祭拜。管理卢氏祠堂的卢植后人卢凤仙老先生告诉韦力，翌日又将有一批卢氏后人前来祭拜，还有很多领导。

其二

秦灭后，萧何把秦宫所藏各种文书、档案、书籍搜罗在一起，并筹建了一座名为"石渠"的藏书楼，石渠阁于是成为西汉王朝国家图书馆。汉宣帝朝，由太子太傅萧望之牵头，在石渠阁召开了一场经学辩论会，参会者有五位公羊学博士和五位榖梁学学者，议了三十多个问题，最后榖梁学学者占了上风，从此榖梁学大行天下。石渠阁会议在中国经学史上有着举足轻重的地位。

这么重要的西汉朝国家级藏书楼，在历经二千多年风霜后，如今只剩下一个土夯台，虽然被列为第一批全国重点文物保护单位，但这样一个土夯台又能有多少开发价值，又有几人知道石渠阁到底是个什么神去处？渐渐地，被周边的玉米秆和一个个坟头包围，那块文保碑上的字也有很多看不清了，依稀还能辨认出：

> 石渠阁内收藏着入关时所得秦之图籍，成帝时又将搜求天下的遗书也藏于此。伟大史学家司马迁的《史记》，就是参考这里的档案图籍写成的。著名学者刘向也曾在此讲论五经。

汉长安城遗址就在如今的西安市未央区。但来西安旅游的人都会涌向兵马俑、骊山陵，很少有人会去汉长安城遗址、未央宫遗址，更别说会去看一个土夯台石渠阁，尽管这里曾经是汉帝国最有文化的地方。

如上可知当下消费古代文化的一些特点。我们对历史文化IP的开发是有一定规律的，大多偏向大众化，强调故事性、高颜值、曝光度和虚构性等，学术性、文化性、真实性则不是重点。中国典籍四部经史子集，在后世的开发序列应该是倒过来的，经部这些学问家可能是最没有开发潜质的。读《觅经记》和《觅理记》，不由得慨叹历代大儒在当代的命运。

韦力多次用"痛并快乐着"形容自己的寻访之旅，因为过程中会碰到这样那样的不快，但发现的乐趣也是非亲历无法替代的。有时候千辛万苦找到遗迹，会坐在墓旁守候片刻，静静地，聆听山风吹动松林，心中那种不悲不喜的宁静，难以用文字描绘。每当此时，心中会想起那句："微斯人，吾谁与归？"

庆历三记

一

"庆历四年春,滕子京谪守巴陵郡。越明年,政通人和,百废具兴。乃重修岳阳楼,增其旧制,刻唐贤今人诗赋于其上。属予作文以记之。……"范仲淹《岳阳楼记》,我们再熟悉不过了。

庆历四年是1044年,这一年,宋仁宗三十五岁,在位已经二十一年。自宝元元年西夏元昊自立为帝,宋夏历经五年交战。虽然宋败多胜少,但西夏也没讨到多少好处,连年战事两国国计民生都深受其害。

庆历三年春，两国互派使臣，进入议和程序。历经一年多，宋夏和议有了实质性结果，西夏元昊"始称臣，自号夏国主"，宋每年岁赐二十五万。宋夏终于恢复和平关系。

仁宗终于松了一口气，重新组阁执政团队，准备大干一场。重组后的执政团队是：平章事兼枢密使（宰相）章得象、同平章事兼枢密使（次相）晏殊，枢密使杜衍，参知政事贾昌朝、范仲淹，枢密副使王贻永、韩琦、富弼。范仲淹和韩琦因西夏战功首次进入执政团队，谏官则是欧阳修、余靖、王素、蔡襄等。这样的执政天团，仁宗睡着都能笑出声来。

于是，仁宗开天章阁，诏知杂御史以上官员，现场发笔墨纸砚，让每个人为国家献计献策。退朝后，范仲淹和富弼起草了一份近万字的《答手诏条陈十事》，庆历新政由此拉开序幕。

名满天下的"宋初三先生"之一石介更是作了一首《庆历圣德颂》赞扬范仲淹、韩琦、富弼等人，一时间传诵天下。但他们几位看到"圣德颂"后深感不安，这样大张旗鼓的颂扬好似地雷，一定会埋下很多祸端。

果不其然，没过多久，一颗雷率先爆炸了。范仲淹守宋夏边境时的两名手下将领张亢（字公寿）和滕宗谅（字子京）遭到监察御史弹劾，说他们贪污"公用钱"，所谓"公用钱"就是朝廷拨给地方政府或边关的公款。朝廷于是派特使燕度去调查。这哥俩的确挪用了公款，但主要用来买战备物资和赏赐部将，这是战时长官的基本做法。滕宗谅不希望领取公用钱的人受到牵连，干脆把账簿烧了。这下坏了，燕度咬着不放，甚至把和张亢关系不错的骁将狄青也牵连进来，还发文牒劾问范仲淹和韩琦。

范仲淹和韩琦也急眼了，找仁宗理论："我和韩琦在守边的时候，也经常挪用公用钱，救济将士家属或当地百姓，如果这样有罪的话，把我俩也一起撸了吧！"枢密使杜衍则坚持一定要严惩滕宗谅，认为烧账本的行为太恶劣，挑战国法。仁宗权衡再三，给了范仲淹和韩琦面子，对他俩从轻发落。张亢降为四方馆使，滕宗谅降一级，保留天章阁待制，贬知虢州。

但是仁宗的决定遭到御史台强烈反对，御史中丞王拱辰可是个愣头青，一次次上书说必须严惩滕宗谅，不然他就辞职不干了（这是谏官们惯用招式）。谏官李京也不断上奏。御史台这些谏官们可不好惹，急了连仁宗也骂，如果不给个说法，他们肯定又去弹劾范仲淹、韩琦等人，说他们护短。最后，仁宗只好依了王拱辰，将滕宗谅贬到蛮荒之地巴陵郡岳州。《岳阳楼记》开篇"庆历四年春，滕子京谪守巴陵郡"讲的就是这事。

但是滕子京不是省油的灯，"越明年，政通人和，百废具兴。乃重修岳阳楼"。又一年多后，庆历六年，岳阳楼修成。滕子京请老朋友范仲淹题记，事实上，此时范仲淹已不是天天在仁宗身边的改革先锋了，他于庆历五年初被挤出执政团队，出知邠州，十一月移知邓州。据说，滕子京请人绘制了一幅《洞庭晚秋图》送给范仲淹参考。

此外，滕子京还邀请了大书法家苏舜钦手书《岳阳楼记》刻于石碑，以及请著名篆书家邵餗为石碑"篆额"。滕楼、范记、苏书、邵篆这样的黄金组合，《岳阳楼记》太炫了。

仁宗读到《岳阳楼记》深受感动，尤其"不以物喜，不以己悲；居庙堂之高则忧其民，处江湖之远则忧其君。是进亦忧，退亦忧。然则何时而乐耶？其必曰'先天下之忧而忧，后天下之乐而乐'乎"。

庆历六年秋，滕子京因业绩突出调徽州任知府。庆历七年又调任苏州知府,上任不久卒于苏州,时年五十七。

老友范仲淹为其作《滕待制宗谅墓志铭》:"……会御史梁坚奏劾君用度不节,至本路费库钱十六万缗。及遣中使检察,乃君受署之始,诸部属羌之长千余人皆来谒见,悉遣劳之,其费近三千缗,盖故事也。坚以诸军月给并而言之,诬以其数尔。予时待罪政府,尝力辩之。降一官,仍充天章阁待制、知虢州,又徙知岳州。君知命乐职,庶务毕葺。迁知苏州,俄感疾,以某年月日,薨于郡之黄堂,享年五十七。"

二

苏州,正是大书法家苏舜钦被贬为庶人后,选择居住的地方。大才子苏舜钦借由《沧浪亭记》,表达自己的愤懑、委屈和解脱。

予以罪废,无所归。扁舟吴中,始僦舍以处。时盛夏蒸燠,土居皆褊狭,不能出气,思得高爽虚辟之地,以舒所怀,不可得也。

一日过郡学，东顾草树郁然，崇阜广水，不类乎城中。并水得微径于杂花修竹之间。东趋数百步，有弃地，纵广合五六十寻，三向皆水也。杠之南，其地益阔，旁无民居，左右皆林木相亏蔽。访诸旧老，云钱氏有国，近戚孙承祐之池馆也。坳隆胜势，遗意尚存。予爱而徘徊，遂以钱四万得之，构亭北碕，号"沧浪"焉。

苏舜钦（字子美）是谁？大宋朝年轻有为的一枚大才子。杜衍和范仲淹都很欣赏他，杜衍还把女儿许配给他，范仲淹则举荐他监进奏院。进奏院是朝廷印发朝报的机关，相当于今天的人民日报社。这是个比较清贫的衙门，没什么油水，唯一多的就是院里堆满了废报纸。庆历四年九月，是大宋朝狂欢节之一——秋季赛神会，按惯例，各衙门机关都会庆祝一下。

苏子美让人把废报纸卖给收废品的，换了一点银子，然后去酒楼联欢，除了一点卖废纸的钱，不够的部分大家 AA 制。喝到兴起据说还招了几名官妓弹奏助兴。完了，这事又让御史台的人知道了，御史中丞王拱辰又死咬着不放，一次次上奏，要惩处这种不正之风。《宋史》

载"同时会者皆知名士,因缘得罪逐出四方者十余人"。进奏院长官苏舜钦最是倒霉,直接贬为庶人。这在宋廷算是对官员最严厉的惩罚了。要知道,苏舜钦的岳父可是当朝宰相杜衍。但这事如果杜衍出面为苏舜钦说话,御史台肯定会扭转矛头弹劾杜衍,正愁没由头呢。

苏舜钦写信给老朋友欧阳修抱怨:"进奏院卖废纸聚餐,每年都是这样,京城其他衙门也都有相关惯例,怎么唯独拿我开刀?"欧阳修当然只能安慰开导一番,他此时不在京城,正在河北按察使任上。

苏舜钦修缮废园入住后,对之前的不公慢慢就置于脑后了,《沧浪亭记》表达出一副安然的态度:"予时榜小舟,幅巾以往,至则洒然忘其归。觞而浩歌,踞而仰啸,野老不至,鱼鸟共乐。形骸既适则神不烦,观听无邪则道以明;返思向之汩汩荣辱之场,日与锱铢利害相磨戛,隔此真趣,不亦鄙哉!"仁宗读到《沧浪亭记》时,心里自有另一番滋味。

写完《沧浪亭记》寄给老朋友欧阳修,邀请他和诗一首,欧阳修于是写作长诗《沧浪亭》,借此表达对老朋友遭遇不公的同情,其实也是对自己遭受贬谪的牢骚。"丈夫身在岂长弃?新诗美酒聊穷年。虽然不许俗客到,莫惜佳句人间传。"大文豪欧阳修长诗《沧浪亭》发表后,"沧浪亭"名声大振。

滕子京庆历七年调任苏州知府,他肯定到沧浪亭会过老朋友苏子美,可惜他在苏州知府任上没多久就去世了。苏舜钦为滕子京作祭文曰:"忠义平生事,声名夷翟闻。言皆出诸老,勇复冠三军。"第二年,庆历八年(1048),苏舜钦复官为湖州长史,然而未及赴任就病逝了,年仅四十一。

欧阳修为苏舜钦作《湖州长史苏君墓志铭》以告慰苏舜钦泉下:"……君携妻子居苏州,买木石作沧浪亭。日益读书,大涵肆于六经。时发其愤闷于歌诗至其所激往往惊绝又喜行草书皆可爱故虽其短章醉墨落笔争为人所传。天下之士,闻其名而慕,见其所传而喜,往揖其貌而竦,听其论而惊以服,久与其居而不能舍以去也。居数年,复得湖州长史。庆历八年十二月某日,以疾卒于苏州,享年四十有一。初,君得罪时,以奏用钱为盗,无敢辩其冤者。自君卒后,天子感悟,凡所被逐之臣复召用,皆显列于朝。而至今无复为君言者,宜其欲求伸于地下也,宜予述其得罪以死之详,而使后世知其有以也。"

三

再说先后弹劾滕子京、苏子美的御史中丞王拱辰。他和欧阳修同年参加天圣八年（1030）殿试，王拱辰考了状元，而欧阳修唱十四名，位列二甲进士及第。后来他俩成为连襟，都是名臣薛奎的女婿。王拱辰先娶了薛奎三女儿，夫人去世之后，又娶了五女儿。而欧阳修则是薛奎的四女婿。王拱辰是庆历新政反对者。

庆历五年，新政推行者范仲淹、杜衍、韩琦、富弼等相继被贬，范仲淹出知邠州、移知邓州，杜衍出知兖州，韩琦出知扬州，富弼出知郓州、移知青州。欧阳修上书分辩，仁宗看了谏书不置可否。而那些指责欧阳修为范、杜、韩、富"朋党"的人，正在抓他把柄以落井下石。"小阿张嫁资案"给了欧阳修致命一击。

事情是这样的：欧阳修有个妹妹，成年后嫁给张龟正续弦，但嫁过去没多久张龟正去世了。张龟正与前妻育有一女阿张，欧阳妹妹只好带着年方七岁的小阿张回了娘家。阿张长大后嫁于族兄之子欧阳晟，庆历五年夏，欧阳晟发现妻子阿张与仆人陈谏私通，于是，欧阳晟把妻子阿张与陈谏告到开封府。审讯的时候，阿张突然供称,她以前和欧阳修也有一腿。

这事可大了,官员与人私通,在宋朝是非常严重的罪行。于是朝廷成立专案组,由户部判官苏安世牵头调查欧阳修。苏安世调查后认为,欧阳修涉嫌挪用阿张财产。张龟正生前给女儿留了一笔财产作为阿张未来的嫁妆,因为年幼,这笔嫁资由欧阳妹妹代管。欧阳修帮她们购置了田产,田契上写的是欧阳妹妹的名字。最后,给欧阳修定了两项罪名:"私于张氏,且欺其财"。

庆历五年八月,欧阳修被贬为滁州太守。在滁州,欧阳修为政"宽简",保持轻松慵懒的态度,并写下传世名篇《醉翁亭记》。

"……作亭者谁?山之僧智仙也。名之者谁?太守自谓也。太守与客来饮于此,饮少辄醉,而年又最高,故自号曰醉翁也。醉翁之意不在酒,在乎山水之间也。山水之乐,得之心而寓之酒也。……然而禽鸟知山林之乐,而不知人之乐;人知从太守游而乐,而不知太守之乐其乐也。醉能同其乐,醒能述以文者,太守也。太守谓谁?庐陵欧阳修也。"

其中,名句"醉能同其乐,醒能述以文"被我们拿来作为六根的slogan。

欧阳修提倡北宋诗文革新运动，推崇韩愈等开创的唐代古文运动，抵制五代以来浮靡文风，与范仲淹、梅尧臣、苏舜钦等有高度的文学共识，使北宋诗文得以高度繁荣，并影响了苏轼、曾巩及南宋后进诗文家。

皇祐元年（1049），欧阳修重新回朝，先后任翰林学士、史馆修撰等。至和元年（1054）八月，欧阳修又遭贬，他上朝辞行时，仁宗亲口挽留："别去同州了，留下来修《唐书》吧。"于是，欧阳修以翰林学士留朝，开始修撰史书。与宋祁同修《新唐书》，又自修《五代史记》（即《新五代史》）。晚年编撰的《集古录》，是今存最早的金石学著作。

欧阳修去世后，韩琦作《欧阳文忠公墓志铭》："熙宁五年闰七月二十三日，观文殿学士、太子少师致仕欧阳公，薨于汝阴之私第，年六十六。上闻震悼，不视朝，赠公太子太师，太常谥曰文忠，恤后加赙，不与常比。天下正人节士，知公之亡，罔不骇然相吊，痛失依仰。……噫公之节，其刚烈烈。弼违斥奸，义不可折。噫公之文，天资不群。光辉古今，左右《典》《坟》。直道而行，屡以逸蹶。卒寤而知，惟帝之哲。升赞机务，方隅以宁。参议宰政，社稷是经。成此王功，大忠以效。德高毁及，退不吾较。公之来归，既安且怡。宜报以寿，戾也胡为？公文在人，公迹中史。兹惟不穷，亘千万祀。"

四

滕子京、苏舜钦和欧阳修，都因经济问题被贬谪，但因此成就了庆历年三篇传世名篇。到至和二年（1055），曾先后弹劾滕子京、苏舜钦的王拱辰，也因为公款吃喝问题被谏官赵抃弹劾，罢黜三司使，知泰州、定州。

北宋御史台谏官们，在谏院时都如打了鸡血一般，两眼放光，每天埋头写谏书，逮谁弹谁。如果皇帝不表态，就没完没了地弹，甚至连皇帝也弹。如果还是不行，就递交辞呈，老子不干了。有趣的是，被弹劾的官员须主动递交辞呈以示清白，然后皇帝挽留，再辞再留，如是三番。如果弹劾确有其事，皇帝也要假意挽留，然后再顺水推舟，免其官职，贬去地方。可以说，北宋皇帝每天被这些谏官们嗡嗡得真是头大，当皇帝太难了。

谏院就像一个通关驿站，每位谏官在谏院的时间总是很短，因为敢言或提交了一些有建设性的方案，很快就升任重要岗位。之后，他们就要提防那些后浪谏官们，小心别被抓到把柄。可以说，每个弹劾过别人的谏官，最终都要被其他谏官弹劾。

但不是每个被贬之人都能写出传世名篇。然而频繁贬官的确是宋朝官僚系统的一大特色，《行万里路：宋代的旅行与文化》一书，探讨宋代旅行文化的特点，就是那些贬谪文人，写下大量著名的诗文，为后世旅行文化的繁荣起到重要的推动作用。商伟在《题写名胜》中也谈到这个问题：从唐代以来，借由诗文创造出来的名胜不计其数，"题写名胜"成为唐宋文人创作的一大动力，并且，为越来越多名胜标上文学的标签。商伟另一部《给孩子的古文》，选了五位北宋文人的名篇，多为贬官时期的游记或题记。除范仲淹、欧阳修，还有王安石的《游褒禅山记》、苏轼的《石钟山记》和《记承天寺夜游》等。

参考资料：
《宋仁宗》，吴钩，广西师范大学出版社，2020年4月
《大宋之变》，赵冬梅，广西师范大学出版社，2020年5月
《题写名胜》，商伟，生活·读书·新知三联书店，2020年1月
《给孩子的古文》，商伟，中信出版社，2019年5月
《行万里路：宋代的旅行与文化》，张聪，浙江大学出版社，2015年12月

南宋文坛一次空前绝后的聚会

一

自北宋倾覆,衣冠南渡,国事凋零带来的巨大伤痛,在宋代文人心中是刻骨铭心的。那时候能把这种真切情感表达出来的主要是南渡的文人,在他们的诗词和绘画中,处处显现抗金救国、中兴宋室的宏愿。南宋临安文人群体,可以说给当时岌岌可危的南宋注入了一股强劲的力量。这一时期的南宋文人们,对国家的未来充满担忧,对这届朝廷缺乏信心。

南宋文坛在这 152 年间大致可分为前中后三个阶段。

前期从高宗建炎元年（1127）算起，代表人物以南渡文人和高官为主；中期则以"中兴四大诗人"尤袤、陆游、范成大、杨万里为代表，他们的成熟使临安文坛达到空前繁荣；后期则为江湖派诗人和格律派词人群体。

南宋早期朝廷，以秦桧为代表的主和派执政。一批南渡来的主战派文人被贬在朝廷之外，这批人只能抱团取暖，力图用文学唤起更多人的共识。当时临安以赵鼎真率会、周紫芝诗社和史浩诗社三个诗社为中心，汇聚了一批南渡文人。

真率会和诗社是自北宋以来文人雅集的主要形式，主要是在一起吃吃喝喝，读诗唱和，互相点赞。司马光当年在洛阳编《资治通鉴》时，成立了"司马光洛阳真率会"，和一群失意的、被贬的文人们在一起吃喝玩乐。后来，很多文人团体就效仿这种形式。临安的赵鼎真率会其实就是洛阳的分会，当年赵鼎任洛阳令时办了真率会。南渡后，赵鼎一度很受高宗重用，两度拜相，后被秦桧构陷，被迫辞去相位。真率会其实就是他的政治阵地，一大群追随他的文人围绕左右。这一时期的南宋文人，更在意家国情怀，参加真率会或诗社带有强烈的政治理想和抱负。

另外一个中心是北宋末年的文坛巨擘张元幹。他在洛阳时就跟李纲混。建炎元年，宋高宗起用李纲为宰相，张元幹也官至朝议大夫，但没多久，李纲也斗不过秦桧，被罢相。张元幹只好继续干他的文坛领袖，身边聚集了周德友、张孝祥、徐俯、向子諲、郭从范等一众文人，还有一批赴临安赶考的文生。

到了绍兴二十四年（1154），二十三岁的张孝祥廷试，高宗亲自将其擢为第一，居秦桧孙秦埙之上，范成大、杨万里、虞允文、葛郯、何异、姚述尧等同榜进士，陆游则试礼部第一。从这时期开始，"四大中兴诗人"崛起。

此时的南宋，在"绍兴和议"的基础上又签订了丧权辱国的"隆兴和议"，但好歹维持了几十年的"和平"，临安城进入朝野歌舞的太平局势。此时的金朝，占有了北宋的花花世界，早已没了斗志，也安于享受这歌舞升平的广大地盘，况且南宋每年还送去那么多银子。两厢无事，各自享乐吧！

二

以尤袤、陆游、范成大、杨万里"四大诗人"为首的临安文人圈更是迎来前所未有的盛况。他们登科及第后不仅在政坛德高望重，更是文坛的中流砥柱。四大诗人中，尤袤名气相对小一些，另外三人的诗词都入选过语文课本。但从排名看，尤袤却是四大诗人之首。

下面我们"翻墙"到南宋局域网，看看南宋文坛朋友圈是一群什么妖怪。

诗词狂魔陆放翁，"六十年间万首诗"，几乎是走到哪儿写到哪儿。绍兴二十一年（1151）的一天，陆游正在沈园春游，突然撞见前妻唐琬和她的现任赵士程也在游园，不免悲苦交加。于是，在园壁上题了《钗头凤》词，转而发了一条"朋友圈"。

陆游

红酥手，黄縢酒。满城春色宫墙柳。东风恶，欢情薄。一怀愁绪，几年离索。错，错，错！春如旧，人空瘦。泪痕红浥鲛绡透。桃花落，闲池阁。山盟虽在，锦书难托。莫，莫，莫！

唐琬

世情薄，人情恶，雨送黄昏花易落。晓风干，泪痕残，欲笺心事，独语斜阑。难，难，难！人成各，今非昨，病魂常似秋千索。角声寒，夜阑珊，怕人询问，咽泪装欢。瞒，瞒，瞒！

朱熹

放翁老笔尤健，在当今推为第一流。

杨万里

君诗如精金，入手知价重。

范成大

改天一起吃火锅。（两人都曾在蜀地为官）

尤袤

请你吃"蝤蛑"。

叶绍翁

自商贾、仙释、诗人、剑客，无不遍交游。宦剑南，作为歌诗，皆寄意恢复。

刘克庄

激昂慷慨者，稼轩不能过。

辛弃疾

恨之极，恨极消磨不得。

周必大

抱抱放翁。

韩元吉

抱抱放翁。

曾季狸

抱抱放翁。

郑樵

抱抱放翁。

李浩

抱抱游游。

王禾巨

+1

王十朋

+1

张同之

抱抱游翁。

林栗

抱抱游游翁。

刘凤仪

抱抱放翁。

邹耘

抱抱翁翁。

林采

+1

吕轼：

+1

……

翁翁翁翁翁翁翁翁翁翁翁翁……

三

范成大当官的时候太忙，没时间和兄弟们喝茶读诗，加上他那些爱国诗大家也不爱看，所以，很少发朋友圈。直到老了解甲归田后，写了很多田园诗，大家才觉得范老大找回了诗人的感觉。有一天正在石湖田头发呆，发了一条"朋友圈"。

范成大

昼出耘田夜绩麻，村庄儿女各当家。童孙未解供耕织，也傍桑阴学种瓜。

南宋第二位皇帝，宋孝宗**赵昚**看到退休的老范这般闲情逸致，于是留言：卿气宇不群。

光宗**赵惇**一看，嚯，老爸都点赞了，赶紧跟了一条：卿以文章德行，师表缙绅，受知圣父，致位丞弼，均佚方面，乃心王室，于天下事，讲之熟矣。

杨万里

和一首"小荷才露尖尖角,早有蜻蜓立上头"。

陆游

孤拙知心少,平生仅数公。

尤袤

请你吃"螃蜊"。

姜夔

身退诗仍健,官高病已侵。江山平日眼,花鸟暮年心。

崔敦礼

包罗百氏,磅礴九流。以辉煌汗漫之作而执耳文盟,以博大高明之资而盱衡士类。

张镃

事业文章两足尊,南北东西曾遍历。

龚明之

范公文章政事,震耀一世。

周必大

范石湖有童趣。

唐幼度

这才是范公真性情。

辛弃疾

身世酒杯中,万事皆空。

汤思退

范公萌萌哒。

汪应辰

萌萌哒 +1

边公辩

+1

李椿

+1

韩元吉

+1

巨济

+1

陈苍舒

+1

刘孝玮

+1

李泳

+1

赵正之

+1

……

+N

四

杨万里一看,好家伙,老伙计人气很高嘛!看来临安大城市里的人,喜欢乡下的调调,来来来,看老杨给你来一首《插秧歌》。于是,也发了一条。

杨万里

田夫抛秧田妇接,小儿拔秧大儿插。

笠是兜鍪蓑是甲,雨从头上湿到胛。

唤渠朝餐歇半霎,低头折腰只不答。

秧根未牢莳未匝,照管鹅儿与雏鸭。

孝宗赵昚心想,得,老范回了,老杨这个不回也不合适啊,只好来了一句:仁者之勇。

光宗赵惇看老爸又回了,干脆我给老杨写幅字吧,于是亲书:"诚斋"。(诚斋是杨万里的号,之后别人都称他为"诚斋先生"。)

杨万里一看两位皇帝老儿都回帖了，笑歪了嘴：官家……

陆游

诚斋老子主诗盟，片言许可天下服。我不如诚斋，此评天下同。

范成大

老汉自叹不如。

尤袤

请你吃"蟠蟀"。

项安世

雄吞诗界前无古，新创文机独有今。

姜特立

今日诗坛谁是主，诚斋诗律正施行。

周必大

笔端有口，句中有眼。

严羽

尽弃诸家之体，而别出机杼。

辛弃疾

千古兴亡，百年悲笑。

王庭珪

一代诗宗!

京镗

+1

张抑

+1

黄景说

+1

刘德秀

+1

朱熹

+1

王淮

+1

……

+N

五

尤袤一看,没法玩儿啦!官家都出场啦,我可请不动啊。虽然孝宗曾经挺欣赏自己，但他爱管闲事的毛病总改不了，没事就在官家面前叨叨叨劝谏，好几次惹毛了孝宗、光宗，有一次光宗还把奏章撕得粉碎。

尤袤心道，既然你们父子俩不爱听我唠叨，我也学老范归田得啦。光宗虽然觉得尤袤有点讨厌，但要离开又有些不舍，升他当礼部尚书，并且手书"遂初"二字赐赠。一旦想走神仙也留不住，尤袤在无锡老家束带河旁修了"乐溪"园圃，把光宗赐的"遂初"二字挂起来，园内有他的藏书楼"万卷楼"。

尤袤不仅是四大诗人之一，还是南宋朝最厉害的藏书家，他的万卷楼是南宋著名藏书楼。根据万卷楼藏书编订的《遂初堂书目》更是版本目录学重要的著作，收录图书3200多种，是最早的版本目录著作之一。

虽然是个书呆子，但尤袤也是闷骚幽默的人。杨万里给尤袤起外号"蝤蛑"，他干脆每每以"蝤蛑"自称。尤袤和蝤蛑读音相似，而"蝤蛑"是江南人最爱吃的一种螃蟹，肉质鲜美。所以，他跟帖喜欢说"请你吃蝤蛑"。思来想去，尤袤决定破财求赞，于是发了一条朋友圈。

尤袤

明晚六时，"丰乐楼"二层包厢，"蝤蛑"请大家吃蟠蟀，欲往接龙！

孝宗赵昚：善，卿等尽兴。

光宗赵惇："丰乐楼"记朕账上，明日早朝求捎大"蟠蟀"一只。

陆游：我去——

范成大：我去去——

杨万里：我去去去——

周必大：我……去——

林宪：+1

沈虞卿：+1

林子章：+1

马先觉：+1

陈天麟：+1

王庭珪：+1

京镗：+1

张抑：+1

辛弃疾：金贼不灭，吃什么"蟠蟀"，不去！

黄景说：老辛插队，歪楼。我去去去——

刘德秀：+1

朱熹：+1

王淮：+1

汤思退：+1

汪应辰：+1

边公辩：+1

李椿：+1

韩元吉：+1

刘克庄：小朋友能参加吗？

叶绍翁：强烈要求后浪入局。

姜夔：同浪。

（注：以上三位为后期江湖派诗人代表。）

巨济：欢迎后浪们。我去——

陈苍舒：+1

刘孝玮：+1

李泳：+1

赵正之：+1

韩元吉：+1

曾季狸：+1

郑樵：我去，昨天回莆田了，去不了。

叶适：我去，前几天回永嘉了，要说吃"蝤蛑"，还得去我们永嘉啊。

李浩：+1

王禾巨：+1

王十朋：+1

张同之：+1

林栗：+1

刘凤仪：+1

邹耘：+1

林采：+1

吕轼：+1

朱熹：你们讲话文明点。我也，去——

……：+++++++++++

当时临安城共有十三所官营酒库，大多设有酒楼：东库的太和楼，西库的太平楼和丰乐楼，南库的和乐楼，南上库的和丰楼，北库的春风楼，北外库的春融楼，中库的中和楼，等等。其中丰乐楼最为火爆，有五层楼，各有飞桥栏庭，明暗相通，可登楼俯瞰西湖。

这是南宋文坛一次空前绝后的聚会。

六

绍熙四年（1193）范成大去世；次年，尤袤去世；庆元六年（1200）朱熹卒；嘉泰二年（1202）洪迈卒；嘉泰四年（1204）周必大卒；开禧二年（1206）杨万里卒；开禧三年（1207）辛弃疾卒；嘉定元年（1208）陆游去世。南宋文坛的荣光至此消退。

四大诗人之后，文坛江湖沉寂了好长一段时间。那次饭局上还是小朋友的刘克庄、叶绍翁、姜夔等人已渐渐成为文坛的中流砥柱，并逐渐形成以刘克庄和书商陈起为核心的江湖诗派。江湖派朋友圈还包括刘过、戴复古、姜夔、俞桂、叶茵、许棐、危稹、张戈、翁卷等。和江湖派同期的还有以杨攒、周密为中心的格律派词人群体，姜夔既是江湖派也是格律派，另外还有吴文英、张炎、张枢、陈允平、赵孟坚等人。

1276年，蒙元攻入临安，恭帝投降。1279年，陆秀夫负帝昺投海，南宋覆亡。

南宋文坛茶话图

　　题记：1936年2月15日出版的《六艺》杂志创刊号上，中间通栏刊有8开大幅漫画《文坛茶话图》，署：鲁少飞 作。图中围坐着鲁迅、周作人、茅盾、林语堂、老舍、巴金、沈从文、凌叔华、穆时英、丁玲等几十位民国海上作家，主位则是"文坛孟尝君"邵洵美。可谓是海上文坛全家福，展现出彼时文坛的繁荣气象。

　　南宋中期的临安城，以"中兴四大诗人"陆游、范成大、杨万里、尤袤为首的临安文坛，其热闹场面对比三十年代海上文坛，有过之无不及。尤其这批文人多为朝廷高官，茶话规格可是相当高大上，必须是临安城达官贵人最爱去的"豐樂樓"。除四大诗人，当时临安文坛头面人物周必大、韩元吉、郑樵、王十朋等几十号悉数到场，场面相当可观。北宋范仲淹、苏东坡、王安石、司马光、欧阳修等前浪已经上墙。此记！（绿茶　庚子春　四月廿六）

清都北京文艺生活指南

18世纪的盛清时期,大清都城北京有上百万人口,可谓是国际大都市。这一时期也是北京戏坛的黄金时期,从文人创作的高雅昆剧,到较为低俗的"花部乱弹",各种不同类型的戏曲齐聚北京。美国学者郭安瑞的《文化中的政治:戏曲表演与清都社会》叙述始于1770年前后(约乾隆中期)。北京高度繁荣的戏曲环境和商业戏园催生了一种新的文体——记载清代北京伶人和戏曲活动的"花谱"。花谱涉及伶人生平、才艺和风月场逸事,尤其是对男旦描写,遂以手抄本和印刷本的形式在北京戏园间广泛流行。

那么，花谱作者是些什么人呢？

他们首先是文人雅士，有很高的戏曲鉴赏能力，是真正的梨园行家。这些人多数是客居北京的南方文人，他们或因拒绝官场，或被官场所拒，带着失望之情沉迷于梨园世界。他们怀才不遇、无人赏识，对自己的前景感到凄凉，于是，和这些身份卑下的男旦有着同病相怜之感。

花谱作者需要两方面的知识：对文学传统和北京梨园操作的熟识。他们必须是文人，有数十年的古典文学素质，而且常驻北京，有足够的闲暇和资本耗在戏园里并且与伶人往来密切。所以，不管这一时期北京戏迷行家有多少，能写花谱的绝对是少数，现存于世1785到1840年间的花谱只有十六部。

祖籍杭州的吴长元是最有名的花谱作者之一，他1785年出版的《燕兰小谱》被认为是"花谱文学"开山之作。花谱作者将自己置于鉴赏文学的传统之中，巧妙地借用品鉴文化传统来书写令人沉醉的戏曲表演体验，使他们记录伶人生活的兴趣正当化，并且不遗余力地展示这一套文学谱系。吴长元在《燕兰小谱》中，直接定义花谱为这一文学传统的继承者。

"昔人识艳之书,如《南部烟花路》《北里志》《青泥莲花记》《板桥杂记》,及赵秋谷之《海沤小谱》,皆女伎而非男优。即《青楼集》所载,亦女旦也。"

吴长元所列这些书单都是历代"青楼文学"的经典。花谱作者大量借用青楼文学中那种具有高度自我指代的语词,将伶人比作花,在艺人身上投射一种色情的关注,并把挑逗与忧郁的腔调相结合,将形容女妓色艺的象征词汇应用到男旦身上。这样,就将花谱置于青楼文学传统之中,正当化又色情化了花谱文学。这种含蓄的情色感性正是花谱文学最大的魅力所在。

当然,花谱作者对青楼文学修辞策略和词汇模仿,也有赖于清代戏园风月场的实际。无论台上还是台下,男旦都扮演着名妓的角色,男旦卖艺也卖身,他们与师傅的交易性质也近似妓女与老鸨的关系。伶人所处的困境尤其令花谱作者同情,由于受职业风险和年华老去的影响,男旦象征着被掠夺的纯真,花谱作者也借此诉说自我价值和时间消逝的失落感。

花谱文学还有另一个功能,可视为一种都城文艺生活指南。花谱通常提供伶人和戏园在城市中的位置信息,也包括如何鉴赏以及花谱作者的审美体验,从这个角度说，花谱又可追溯到12世纪中期的《东京梦华录》所开创的都城回忆录文学传统。第一个把这两种传统结合起来的花谱作者是杨懋建，他于1842年撰写的《梦华琐簿》就是对这一文学传统的致敬。18、19世纪三部最重要的花谱文学，吴长元的《燕兰小谱》、张际亮的《金台残泪记》和杨懋建的《梦华琐簿》，都属于都城回忆录文学传统作品。

花谱作者都有一股傲气，他们认为自己不同于一般的戏迷和梨园行家，尤其是对伶人的品评。普通梨园行家只能做到色、艺、性情三个方面，而花谱作者们有自己的审美标准，他们认为最重要的一个标准是风致。花谱作者小铁笛道人在他的《日下看花记》中说："余论梨园，不独色艺，兼取性情，以风致为最。"他们对活跃于梨园的商贾和老斗更是看不起，认为他们主要冲着"色"来的。

戏园是清代都城表达公共话语的重要场所，一个充满竞争、冲突和争议的公共空间。郭安瑞从花谱文学和同时期关于戏园的小说入手，观察在清代商业戏园环境下，花谱作者、梨园行家、商贾、老斗及众多戏迷与伶人、男旦之间的关系和摩擦，进而理解那个时代观众和演员之间在这种公共空间里如何互动和表达。此外，该书同时分析了茶园、庙会、堂会这三种空间对清代戏曲的影响和推动，以及戏曲在不同空间里所实现的不同功能。

对我这样的戏曲门外汉，这本书提供了很多有趣的知识点，尤其是花谱作为都城文艺生活指南这一点就很吸引我，一定要找几本花谱来学习一下，看看清人怎么记录他们的文化、娱乐生活。

晚清的删书箚和官书局

韦力一个人的人文寻访已进行了十几年，近几年更是他大量成果的爆发期，几乎以一年十本左右的速度在出版。

我曾策划出版韦力的《书楼觅踪》，这是韦力私家藏书楼寻访成果，而《寻访官书局》是《书楼觅踪》的姊妹篇。我在编辑《书楼觅踪》时，韦力就说下一本官书局也正在创作中，可当我出版《书楼觅踪》后，就离开出版单位了。这本《寻访官书局》纳入韦力主编的"晚清官书局研究书系"，由江西高校出版社出版。

何为官书局？现当代学者对此看法不一，学者张磊在《官书局刻书考略》一文中有如下定义:"官书局创始于同治,盛于光绪,进入民国陆续停办,其藏书和版片后多数移交新成立的省图书馆收藏,成为各省图书馆的藏书基础。"

官书局存在的时间虽然不足半个世纪,然而对中国典籍刊刻史产生重大影响。自民国以来,有众多学者从事官书局研究,显然已经成为一门专业的学问。如今,官书局所刻之书通称为"局版"或"局本",是中国典籍中的一个特殊品种,由此而让目录版本学界对其进行单独的著录。

为何清末这段时期会涌现一大批官书局呢?这就要从太平天国说起。

咸丰三年,太平军攻克南京,将南京改名为天京,定为首都。太平天国几乎排斥所有传统典籍,儒家学说及诸子百家都被视为妖书,一概焚毁,无论买与卖都等于犯法。到了太平天国中后期,这种极端态度有所改观,由一概焚毁改为了删减和篡改,为此还设立了专门机构——删书衙。

太平天国运动前后持续了14年,波及18个省份,而其主要活动地区乃是中国文化最为繁盛的江南,对中国书籍传承造成空前的破坏。其间，以曾国藩、胡林翼等为代表的儒生组织军队反击太平军，同时也着手恢复太平天国对传统文化的破坏。他们在战争还未结束时，就开始着手传统典籍的刊刻，这就是官书局产生的主要原因。

于是，各省纷纷设立官书局。作为一个专门图书出版机构，晚清官书局不仅刊书数量和种类远胜先前，而且集编、印、发于一体，有着严格的章程、固定的经费来源、专门的销售渠道和一支高水平的编校队伍。此时的官书局已初步具有现代意义上的出版社雏形。

对于谁是第一个创办官书局的人，学界一直没有共识。

学者况蕙风认为曾国藩于同治二年创立的金陵书局是官书局的第一家。而陈其元认为，在同治二年之前，左宗棠就已经创办了书局，左宗棠才是中国第一个官书局的创建者。梅宪华则认为，早在咸丰九年（1859），湖北巡抚胡林翼开书局于武昌，胡才是开办官书局第一人。

对于曾国藩、左宗棠、胡林翼三位，究竟谁是设立官书局第一人，争议不休。最后，学者张宗友在《试论晚清官书局的创立》一文中总结如下："考察这一阶段官书局的创办情况，我们不难看出，最早设局刊书的，当属胡林翼；首开设局刊刻经籍风气的，应推左宗棠；而声名远播、影响最大的，则是曾国藩。"

其实，谁是第一人并不重要，重要的是晚清官书局的设立，刊刻了大量历史典籍，对恢复中国传统文化起到了至关重要的作用，对中国典籍的传承有着不可估量的意义。

在韦力的人文遗迹寻访中，晚清官书局是其中一项，经过多年的不懈努力，找到了大部分官书局遗址。这本《寻访官书局》共记录了韦力寻访到的32家官书局。韦力通过历史材料对照当下现状，讲述这些晚清出版社的过往与当下故事。

该书开篇就是京师官书局，它位于北京西城区后孙公园胡同路北。如果大家有兴趣可以去寻访一下，但京师官书局旧址现在处于北京市四十三中学内，能否进去尚未可知。

副刊编辑沈从文

　　1923年8月,二十岁的沈从文只身一人走出北京前门车站,开始了北漂生活。表弟黄村生安排他住在杨梅竹斜街酉西会馆,会馆管事是沈从文远房表亲,免房租。

　　1924年初,姐夫田真逸给他介绍了在燕京大学读书的董秋斯,两人很投机,结下终生友谊。通过董秋斯,沈从文先后认识了张采真、刘廷蔚、顾千里、韦丛芜、于成泽、夏云、焦菊隐、刘潜初、樊海姗、司徒乔等一批燕大学生。在北大旁听期间,又认识了刘梦苇、黎锦明、王三辛、陈炜谟、赵其文、陈翔鹤、冯至、左恭、杨晦、塞先艾等一批北大学生。与这些"五四"之后的

"新青年"交往，激起了青年沈从文强烈的写作欲望。

1924年12月22日，《晨报副刊》发表了署名休芸芸的散文《一封未曾付邮的信》，这是迄今为止找到的沈从文最早的作品。副刊开启了北漂青年沈从文的文学梦想。

编了一辈子副刊，退休后又主编了"副刊文丛"的李辉先生反复强调——"副刊是半部文学史"。这话一点都不过，副刊对于中国现当代文坛而言，其重要性是覆盖式的，几代作家几乎都以副刊为主要文学阵地和梦想之地。以《晨报副刊》为例，不仅是沈从文的文学起步，也是鲁迅、周作人、郁达夫、冰心、徐志摩等一大批现代作家的文学圣地。

作为前副刊编辑，阅读张新颖的《沈从文的前半生》，特别关注沈从文作品发布年表。可以说，沈从文的文学之路，是一整部"副刊文学史"：他一生的重要作品，几乎都是先在副刊连载，然后出版单行本。

另外，我还特别留意沈从文的另一个身份——副刊编辑。把《沈从文的前半生》中涉及沈从文编副刊和杂志的条目梳理一遍，沈从文参与创办和主编的杂志和副刊有十种左右，和同时代的民国文人比，这个数量不算多。那时候办杂志、副刊就像现在开个微信公众号那样简单，民国文人们不办个杂志、出版社，不主编个副刊的，都不好意思出来跟人打招呼。

像陈独秀、胡适等新文化旗手，通过不断创办杂志、副刊来表达自己的思想主张和政治立场。胡适先后参与或创办的刊物有《新青年》《每周评论》《努力周报》《现代评论》《独立评论》《新月》《自由中国》等等。再比如徐志摩，短暂的三十五年人生里，就创办和主编有《理想》《现代诗评》《诗刊》《新月》《晨报副刊》《诗镌》等。和这些"杂志狂魔"比起来，沈从文算以文学为业的作家。

沈从文的副刊编辑生涯也开始于那样一个文艺和副刊的黄金时代。1928年，结束了五年的北漂生活，沈从文和好友胡也频、丁玲等来到上海。胡也频编辑《中央日报·红与黑》副刊，丁玲和沈从文也参与协助编辑工作。沈从文在《记胡也频》里说："这副刊，由我们商量定名为《红与黑》。"《红与黑》副刊停办后，三人自办了一个出版社，印行"红黑丛书"。

与此同时，人间书店请沈从文他们编了一个月刊。1929年1月10日，《红黑》杂志问世，胡也频任主编，三人合作编辑。1929年1月20日，《人间》杂志创刊，沈从文任主编，三人合作编辑。

刚来上海这段时间，沈从文、胡也频、丁玲三人干劲十足，编辑两份月刊和经营一家出版社，生活充实而忙碌。然而好景不长，"文学青年三人组"都不擅长经营，很快这份共同的事业陷入僵局。《人间》编到四期，实际只出了三期就停了；《红黑》坚持到第八期，也不得不结束。这样的结果让他们背了一屁股债。

事业的失败让沈从文稍稍有些失落，之后历经中国公学、武汉大学、青岛大学等教书生涯。这几年的漂泊让沈从文倍感不适，情感上没有着落更让他内心忧郁。直到1933年应杨振声之邀回到北平，参与中小学教科书编辑工作，才算安稳下来。

回北平后住在府右街达子营二十八号院，这四年，可以说是沈从文最安定、幸福的时光。在这个小院里，沈从文终于迎娶了苦追多年的张兆和。也是在这个福地，在院内一枣一槐的树荫下，沈从文完成了《边城》《湘行散记》《从文自传》《记丁玲女士》等重要作品。

1933年9月23日，天津《大公报·文艺副刊》创刊，由杨振声和沈从文主编。事实上，杨振声忙于教材编辑，沈从文一人承担了主编工作，在北平约稿、看稿，编好之后寄往天津排印，每周出两期。两年后，至1935年8月底，共刊行一百六十六期。9月，《小公园》副刊合并进《文艺副刊》，新副刊改名为《文艺》，每周出四期。1936年4月，沈从文退出编辑工作，经沈从文、杨振声引荐，由燕京大学毕业的萧乾主编《文艺》副刊。

沈从文主编时期的《大公报·文艺副刊》被视为"京派文学阵地"。沈家达子营二十八号成为当时京派文学群的重要据点，也是《大公报·文艺副刊》编辑部，每天人来人往，举办各种座谈会和聚餐会等。此时的沈从文，俨然是文学青年心中的领袖，形成了一个以沈从文为中心的文学新局面。

离开副刊的沈从文又回归到文学创作，1936年沈从文出版了《湘行散记》《新与旧》《废邮存底》等。夏天，邵洵美和项美丽来到北平，邵想办一份大型刊物，邀请北平作家编辑，由他在上海出版。沈从文找朱光潜讨论此事，后来，杨振声、胡适等提议，北平作家干脆自己筹办《文学杂志》，由朱光潜任主编不与邵洵美合作，以免卷入上海文坛争斗。

1937年5月，朱光潜主编的《文学杂志》由上海商务印书馆出版，担任编辑助理的常风回忆说："沈从文除了负责审阅小说稿件,其他稿件朱先生也都请他看,只有他们两位是看过全部稿件的。……《文学杂志》上刊登的青年作家作品都是沈先生组来的。"

1937年8月,接教育部秘密通知,沈从文随北大、清华的老师们撤离北平,辗转大半年后来到昆明。直到1938年底,张兆和及孩子们才到昆明团聚。

1939年1月,由陈岱孙、潘光旦主编的《今日评论》周刊创刊,沈从文加盟编辑文艺稿件。这一时期的沈从文,"惟杂务多,既得为《大公报》发稿,又得为《今日评论》发稿,忙而少功,甚不经济……"

1940年2月,林同济、陈铨、雷海宗等创办的《战国策》创刊,沈从文参与编辑工作,处理文艺方面的稿件。沈从文加盟《战国策》,很多人对他有误会,以为他也属于"战国策派",这一派讲国家主义、领袖权威,鼓吹独裁理论。事实上沈从文从未认同"战国策派"时政言论,并且公开批驳这些言论。

1946年5月4日,西南联大结业典礼,梅贻琦宣布西南联大正式结束。全校复员,沈从文被北京大学聘为国文系教授。

1946年10月,为寄托新的文学理想,沈从文又忙碌起来,他和杨振声、冯至主持天津《大公报·星期文艺》。不久,《星期文艺》由冯至主编,沈从文改接任天津《益世报·文学周刊》主编;12月,与朱光潜、杨振声、冯至、徐盈署名编辑的《现代文录》杂志出版;同时主编北平《平明日报·星期艺文》副刊。

1947年6月1日,《文学杂志》复刊,仍由朱光潜任主编。因此时朱光潜任北大西语系主任,又一度代理文学院长,十分繁忙,更多依靠沈从文打理复刊后的杂志。沈从文此时也回归到他擅长的小说创作,在《文学杂志》先后发表了《乔秀和冬生》《传奇不奇》,而这两部小说,成为沈从文文学生涯最后发表的小说作品。

至此,作为文学家和副刊编辑的沈从文前半生结束。

副刊编辑孙伏园

孙伏园和周氏兄弟是绍兴老乡,孙伏园在初级师范学堂读书时,鲁迅正是这个学堂的堂长,两人算是师生关系。1918年,周作人介绍他来北大旁听,后来正式入学,在校期间同时任《晨报》记者。1921年,孙伏园从北大毕业后进入《晨报》编副刊。鲁迅就是在这位老乡撺掇下揽了《阿Q正传》这活儿。

鲁迅先生自己在《〈阿Q正传〉的成因》一文中谈到,《阿Q正传》是被孙伏园催出来的:"胖胖的伏园善于催稿。每星期来一回,一有机会,就是:先生,《阿Q正传》……明天要付排了。"

从1921年12月4日起，鲁迅以"巴人"为笔名在《晨报副镌》连载《阿Q正传》，持续了两个来月，写了八章，被折磨坏了。鲁迅想找机会收了，但是孙伏园不赞成，他说："《阿Q正传》似乎有做长的趋势，我极盼望先生尽管宽心地写下去。"然而，鲁迅已经把最后一章《大团圆》藏在心里了。

终于，等来一个机会，孙伏园出了一趟差，代庖的何作霖对阿Q并无爱憎，鲁迅于是将《大团圆》送去，何照登了。等孙伏园回京，阿Q已经被枪毙一个多月了。鲁迅得意道："纵令伏园怎样善于催稿，如何笑嘻嘻，也无法再说'先生，《阿Q正传》……'"孙伏园不由惋惜："如果我不出那趟差，《阿Q正传》也许会写得更长一些，也会更精彩一些。"

我们再回到阿Q被抓前的那天晚上。未庄漆黑一片，那夜没月。阿Q看着人们一件件从赵家抬走东西，很气很气。——"这全是假洋鬼子可恶，不准我造反，否则，这次何至于没有我的份呢？"越想越气，终于禁不住满心痛恨起来，毒毒地点一点头："不准我造反，只准你造反？妈妈的假洋鬼子，好，你造反！造反是杀头的罪呵，我总要告一状，看你抓进县里去杀头，——满门抄斩,——嚓!"

没想到,四天后被抓到县里头的不是假洋鬼子而是阿Q,"断子绝孙的阿Q"真的断子绝孙了。

我曾经也是副刊编辑,深知版面出现这种"重大事故"的痛心,我要是孙胖子,一定会被阿Q中途夭折气死。那时候的人们太过善良,没想到如大先生这样的大作家,也有赖稿的伎俩。

虽是如此,但孙胖子并没有因此和鲁迅结仇,周氏兄弟依然是《晨报副镌》的重要作者。鲁迅在《晨报副镌》先后发表了50多篇作品。周作人在《晨报副镌》开了"自己的园地"专栏,后结集为《自己的园地》出版。

1924年10月,孙伏园在《晨报副镌》编好鲁迅打油诗《我的失恋》待发,却被当时的代总编刘勉己抽掉。孙伏园一怒之下辞去编辑职务,后应邵飘萍之邀主编《京报副刊》。1925年10月1日徐志摩接编《晨报副镌》,改名为《晨报副刊》。

孙伏园一辈子基本上都在编副刊,所以,他是民国文人中少有的以编扬名的人。写作并不是他的特长,也谈不上有传世的作品,所写以游记为主,《伏园游记》算是他的代表作之一。最早由北新书局在1926年10月出版，封面系蔡元培题签，封面肖像出自其弟孙福熙之手。

这本书收录了他四篇游记，第一篇《南行杂记》1920年刊登于《晨报》。当时还没有独立的副刊，此时孙伏园还没从北大毕业，但已经在《晨报》做记者。第二篇《从北京到北京》和第三篇《长安道上》，是他在编《晨报副镌》时编发的，最后一篇《朝山记琐》于1925年发表在他主编的《京报副刊》上。

鲁迅在《晨报副镌》连载《阿Q正传》的时间是：1921年12月4日—1922年2月12日。所以，1922年2月12日这天之前，孙伏园就出差了，等他回来，阿Q已经被枪毙一个多月了。可见，孙胖子回京已经是1922年3月或4月了。按照这个时间推算，第二篇《从北京到北京》时间稍稍吻合一点。但这篇游记还有一个副标题叫"两星期旅行中的小杂感"，而且，文章最后注明"写于一九二二年七月"。如此看来，基本也可确认孙胖子出差与这几次旅行无关。

那我们就来看看这位民国副刊名编去哪些地方玩了吧。

《南行杂记》写于1920年9月，当时孙伏园还在北大读书，因为母亲病重回绍兴，这篇《南行杂记》记录他此次南行的一些感想。

那时候北京、绍兴两地走，的确不是那么容易，孙伏园1920年7月13日下午从北京动身，8月1日还在安徽境内，大水把路、水稻等等都淹了。半个月多才回到绍兴，8月16日从绍兴动身，9月6日才终于到了北京。其中，在南京浦镇被大水滞留了十三天。

和鲁迅、周作人笔下的故乡绍兴不同，孙伏园笔下的绍兴几乎没有好话。他在《故乡给我的印象》一节中，给故乡算了一笔总账，大致罗列了"故乡七宗罪"——我理解为刚刚离开故乡的大学生，看到的尽是"回不去的故乡"。"我到故乡以后，看见老岳庙之焕然一新，而学校之愈形腐败，不禁起这一种感想，以为前途一毫也没有希望。他们还把将来的眼光不放在看得见的活泼泼的儿童身上，却放在不可捉摸的死后的自己身上呢。"

虽然只是回故乡看重病的母亲，短短数日却看出故乡诸多的弊病，类似的感想在《故乡给我的印象》一节中比比皆是："真是沧海里的一粟，其余为我所没有遇见，或遇见而此刻一时想不起来的，还不知有多少呢。仿佛记起从前在什么书上见过，到蜜蜂窝里取蜜，采取的人须得小心谨慎，使蜜蜂们觉得与没有人一样，否则便要被他们放毒刺，或者我无形中受了影响。但是，我敢深信，我不像采蜜的人一样，他们是越采得多越快活，我是越采得多越心伤。"

第二篇《从北京到北京》是赴济南中华教育改进社年会并游泰山曲阜两周的纪行。这篇纪行里，孙胖子重点描绘了给他印象深刻的几位同行者：陈颂平、田中玉（山东督军兼省长）、王伯秋（孙中山女婿）、张士一（教育家）等。"以上诸位先生的印象，在散会后还是萦绕在我的脑际，其余大大小小的人物举止言行，我细捡起来，留着的影子或是轻描淡写的，或是糊里糊涂的，都没有拿出来晒在白金纸上留作纪念的价值了。"

但还有一件趣事孙伏园特意记录了一下："同学柳忠介君想逛山东的窑子了，我这个精神恍惚的人于是又发生了问题。山东人刚刚欢迎我们过的，难道我们就要嫖他们吗？山东妓女对于我们的关系怎样？嫖山东妓女算不算是嫖山东人？山东妓女是山东的女人，这个说法大概是不错的。嫖山东妓女就是侮辱山东女人之一部分，大概也是不错的。山东人这样周到的欢迎我们，我们就侮辱他们女人的一部分吗？再说，嫖妓一面固然是侮辱他人，一面同时也侮辱自己，我们为什么要做侮辱他人同时侮辱自己的事呢？经这一番的谬论而后柳君嫖妓之念也冷下去了。"

第三篇《长安道上》是1924年7月孙伏园写给周作人的信，讲述他和鲁迅一行到西安讲学的事情。应国立西北大学和陕西教育厅邀请，鲁迅一行十余人赴西安讲学，孙伏园随同前往，当时鲁迅任教育部佥事。他们一行7月7日从北京出发，14日抵达西安。关于鲁迅在西安，有很多文章做了记录和考证，甚至有人专门写了一本书《鲁迅在西安》，几乎把他们一行的足迹摸了个遍。孙伏园这篇游记深度刻画了1924年间的陕西风貌，这是孙胖子写的最像游记的游记，前面几篇，虽为游记，实则更像杂文或时评。

最后一篇《朝山记琐》则记录一行五人去北京妙峰山进香的感悟，此行中还有孙伏园新潮社同仁顾颉刚（此时是1925年，是鲁迅和顾颉刚1927年交恶之前）。妙峰山香市是北京一带民众宗教的代表，他们此行的目的是研究和赏鉴民众是不是真的信仰。孙伏园的态度是"我对于香客的缺少知识觉得不满意，对于乡间物质生活的低陋也觉得不满意，但我对于许多人主张的将旧风俗一扫而空的办法也觉得不满意。如果妙峰山的天仙娘娘真有灵,我所求于她的只有一事,就是要人人都有丰富的物质生活,也都有丰富的知识生活与道德生活"。

1925年,《京报》被查封,孙伏园南下,先后主编有《国民日报》副刊、《中央日报》副刊、《新民报》副刊等。这位"副刊大王"完美演绎了副刊人的精彩一生。

五四新女性的彷徨与幻灭

1925年,北京。已经北漂了三年的沈从文终于迎来自己文学上小小的春天,郁达夫为他写了《给一个文学青年的公开状》。这之后,沈从文认识了《京报》副刊编辑胡也频,共同的文学理想把他们紧紧连在一起。在他的"窄而霉小斋",他们谈论理想,也畅想未来。常来的还有胡也频女友丁玲。他们三人年龄相近,沈从文生于1902年,胡也频1903年,丁玲1904年。

1925年秋,沈从文到香山慈幼院图书馆工作,胡也频和丁玲也搬到香山居住,成了甜蜜的夫妻。此时,沈从文和胡也频已进入创作旺盛期,频频有作品在报纸副刊发表；而丁玲尚未展现她的文学才能，还默默沉浸在自己的情感小天地中。

两年后，1927年秋，丁玲开始了自己的文学之路，创作了第一篇小说《梦珂》，并发表在当时最重要的文学刊物之一《小说月报》12月号；同年冬，又创作了《莎菲女士的日记》，次年发表在《小说月报》19卷第2号。从此，一个特点鲜明的女作家在文坛崛起。

丁玲在她的《记胡也频》一文中，表达了那时的精神状态。在1927年国民党发动的"四一二"事变中，一些她心中敬重的人牺牲了，她为此感到痛苦，试图在小说中寻求安慰。她写道：

> 我恨北京，我恨死的北京！我恨北京的文人！诗人！形式上我很平安，不大讲话，或者只像一个热情诗人的爱人或妻子，但我精神上苦痛极了！除了小说我找不到一个朋友，于是我写小说了，我的小说就不得不充满了对社会的鄙视和个人的孤独的灵魂的倔强。

此时的丁玲虽然沉浸在胡也频热烈的情感中，但她内心的孤独和倔强却喷涌而出，通过小说，一发不可收。

《莎菲女士的日记》让丁玲在文坛一炮走红。

在丁玲的生活中，前后两段"三角关系"构成了她的情感特征。前期是沈从文、胡也频、丁玲，后来是胡也频、丁玲、冯雪峰。

1928年2月，已经在文坛获得声誉的沈从文去了当时的文化中心上海。两个月后，在北京结下深厚友谊的胡也频和丁玲也来了上海。就在这短短两个月内，丁玲爱上了冯雪峰。胡也频、丁玲、冯雪峰之间的"三角恋"成为后来丁玲的情感重心。丁玲不否认她和胡也频的感情，但她认为她和胡也频的爱，不同于和冯雪峰的爱。前者是浪漫的，如孩子一般带有游戏性质，而对冯的爱，才是刻骨铭心的。

《莎菲女士的日记》体现出一位文学女青年对社会、对情感、对生活时代的叛逆和看法；对自己单调的生活和孤寂的心境感到厌倦，向往新的生活和情感撞击；反映出那个时代知识女性在追求个性解放时的彷徨与幻灭。

联想到丁玲自己的情感生活，此书可谓呈现出五四新知识女性的真实内心。在她后来的回忆录中，她袒露了对冯雪峰的感情，不仅仅是文学才能，更多的是政治思想上的共鸣：

1927年我写完《莎菲女士的日记》后,由王三辛介绍我们认识的。王三辛告诉我他是共产党员。这是最重要的一点,我那时实在太寂寞了,思想上的寂寞。我很怀念在上海认识的一些党员,怀念同他们在一起的生活,我失悔离开了他们。那时留在北京的文人都是一些远离政治的作家,包括也频在内,都不能给我思想上的满足。这时我遇见一个党员了。我便把他当一个老朋友,可以谈心的老朋友那样对待。

——1985年3月1日丁玲致白浜浴美

1933年秋天,在丁玲失踪几个月后,冯雪峰将丁玲于1931年、1932年期间写给他的情书以《不算情书》为题,发表在《文学》杂志上,记录了他们在特殊岁月里的情谊。

五四青年沈从文、丁玲、胡也频,三位文学青年1928年到大上海闯荡后,经历了事业上的"红与黑"(他们办的杂志就叫《红黑》),赔得精光后,各自谋生路。虽然事业失意,但沈从文文学之路却越走越顺。胡也频和丁玲开始积极参加左联文艺运动。自此,沈从文和胡、丁之间的思想距离越拉越大。

1931年2月7日，胡也频遇害。丁玲一时成为热门人物，她四处演讲，政治热情越发强烈，并且接手主编左联机关刊物《北斗》。而沈从文1933年回到北平后，过上难得的平静生活，创作了《边城》《长河》等重要作品，奠定了他在文坛的地位。沈从文与丁玲，从此以各自的方式开始新的生活。

1933年，丁玲失踪了。她是否还在人间，一时间成为一个谜。沈从文便写下《记丁玲女士》，记述与丁玲初识到失踪之间的事。全文十一万字在《国闻周报》连载。1934年，上海良友图书公司更名为《记丁玲》出版，而这本书最后埋下了丁玲和沈从文决裂的种子。

1936年，丁玲最后一次出现在沈从文达子营二十八号院家里，这是他们俩在1949年前的最后一次见面。

十年后，1946年，丁玲创作了《太阳照在桑干河上》，这被认为是丁玲具里程碑意义的作品，并且，让她真正成为解放区文艺界的重要领导人。而此时的沈从文，却因为《从现实学习》等文章，引来左翼文艺界的严厉批评；尤其是郭沫若在《斥反动文艺》中，将沈从文、朱光潜、萧乾等置于反人民的文人行列。

然后就到了1949年,丁玲带着胜利者的喜悦和荣耀回到北平,参加第一次文代会,当选为全国文联常委、全国文协(作协前身)副主席。而沈从文在精神恍惚的状态下,选择了自杀,之后被救活,后半生停止文学创作,从事中国古代服饰研究。

从"五四"一起走来的沈从文和丁玲到这里基本上结束了。之后就到了八十年代,《诗刊》上发表了丁玲的《也频与革命》,文中丁玲严厉批评了沈从文的《记丁玲》,从此,两位曾经的好友公开决裂。

河流是人类生活最重要的因素,有人的地方一定有河。每个人类聚居区,都有所谓母亲河,河流是孕育人类的母亲。文学作品取材于生活,源于作家熟悉的环境,而河流常是每个人最深刻的记忆之一。

沈从文来自湘西,最后,他的文学也回归湘西:《边城》《湘行散记》,还有1938年出版的《长河》。这里有他熟悉的乡土,有他精神的滋养,有他文学的源泉,这些作品带着作家的温情,也感染着读者。沈从文这条河,一直由故乡出发,向着自己理想的方向流淌。

丁玲也来自湘西,但她似乎很少在自己的作品中显露故乡情结，甚至很少有人知道她和沈从文是老乡。在我们印象中，丁玲好像就是延安作家。丁玲这条河，一直追随着革命的洪流，从早期在上海参加左联活动，到后来在延安，以及在河北怀来，在桑干河参加土改，她也向着自己理想的方向流淌。

这两条文学长河，从一个地方出发，在北平、上海短暂地交汇，但最终朝着各自的方向，永不交汇。

还有萧红，这条河来自遥远的东北呼兰河，她们也曾在上海短暂地交汇。但在去延安还是去南方的抉择中，萧红也选择了自由流淌，没有跟着萧军去延安。

每条河各有自己流淌的方向，最终能否交汇于江海，因人而异。沈从文和萧红，当能汇入同一片江海，而丁玲，也许另有归处。

充和一生的五个贵人和一个福地

合肥张家四姐妹都是才女,其中四妹张充和更是多才多艺。王道的《一生充和》书写张充和平凡而充盈的一生,让我们看到一位民国才女在乱世中的命运选择和艺术追求。王道先生用八个地标串起充和的一生:儿时的合肥、少女时期的苏州、中学时期的上海、养病时期的青岛、避难时期的昆明、抗战时期的重庆、北平时期的姻缘、美国的后半生。

一个福地：青岛

这种地域式历史书写，非常清晰地勾勒出充和一生的人生路径，每个地方留下她不一样的印记，也代表了她不同时期的人生选择和境遇。

"福地"一说是王道先生在青岛首发式上的说法，我非常认同。王道说：之所以来青岛举办首发式，是因为青岛是张充和的"福地"，她虽然在青岛待的时间不长，但这里是她人生的分水岭。通过在青岛一年多的疗养，充和真正实现了重生，原来对自己人生的绝望，到大病痊愈后的积极。

首发式前一天，王道和我专程去找张充和当年在青岛时的居所，位于太平路一栋叫静寄庐的别墅，是南浔儒商刘锦藻的旧居。我们在太平路《青岛日报》社附近下车，爬进一个围墙，里面可见很多老别墅。《一生充和》中收录了一张充和在别墅前的照片，我们对着照片去找，始终不见照片中那栋别墅，后来见到几位上了年纪的老人，他们仔细端详照片，告诉说照片中的地方已经拆了，这栋别墅已经不存在了。我们不免略感遗憾。眼前这片海域真是适合疗养，现在游人如织，可以想见当年这片区域一定美如画,让充和感受到人生的美好,开启对未来的无尽想象。

合肥四姐妹是民国大家族的典型代表,围绕她们家族构成的朋友圈非常厉害,几乎整个民国文化圈人士都能出现在她们朋友圈中。通过这本书,了解到大致有五位贵人对充和一生非常重要。

第一位贵人:抚养充和长大的叔祖母识修

张充和还在襁褓中时,就被抱到合肥老家龙门巷,由叔祖母识修收养。识修是李鸿章四弟李蕴章的女儿,嫁给张树声次子张华轸,李鸿章和张树声是淮军一二号人物,两个家族几代联姻。张华轸去世得早,识修自此皈依佛门成为一名居士,打理家族留下的产业。识修在家族中有无形的魔力和威信,对充和更是无限关爱。

充和一点点长大,识修就开始四处为她物色好的老师,她对充和寄予厚望,不希望充和因为被自己抱养而在学业上落后,为了请到名师,不惜花几倍的薪金。其中有六安的才子、举人左履宽,负责教古文、诗词;考古专家朱谟钦,是吴昌硕的弟子,负责教书法。张充和天资聪颖,悟性甚高,四岁会背诗,六岁识字,如是十年,闭门苦读《史记》《汉书》《左传》《诗经》等典籍。充和一直铭感这两位恩师为她奠定了国学功底。

识修为充和精心构筑了一个固定的课堂,也无意中为她开辟了第二课堂。她的信仰无意中给了充和哲理、禅意和悲悯,或者说是一种修行。

充和十七岁那年春天,一生行善的识修去世,享年六十七岁。合肥九门巷张公馆一草一木,每个细节都深深印刻在充和记忆中。识修离世,张公馆突然空了,那些原本由充和与叔祖母识修点滴积累的人间填充突然坍塌了。充和只好回到久违的苏州九如巷的"家"。

识修留给充和的不仅有不菲的家产,更重要的是建立起她童年的人格以及对旧学、旧物的执念。童年的影响可以说奠定了她人生的底色,是抹不去的修养。

第二位贵人:昆曲老师沈传芷

1930年,叔祖母识修去世后的那年冬天,充和回到苏州九如巷,就读父亲张冀牖创办的乐益女中。父亲是个新派教育家，他创办的乐益女中开设昆曲、美术、戏剧、花木、烹饪等新式课程，既培养孩子们昆曲等雅好，也鼓励孩子们走出去，接受更多新学。

父亲张冀牖和继母韦均一都是痴迷的曲友，不仅把昆曲课开到乐益女中，同时请来"传"字辈中的佼佼者沈传芷、张传芳等来教学。后来充和主要跟沈传芷学习昆曲。沈传芷得承家学，祖父、伯父、父亲、叔叔都是苏州昆曲名角。沈传芷面相清润、温文尔雅，唱腔清脆、嗓音和润，善工正旦，一度在上海滩活跃，后辗转京津等地传授昆曲。

充和一生遇名师无数，除了童年时期诗词名师左履宽、书法名师朱谟钦，重庆时又拜书法大家沈尹默为师；此外，主要的老师阵容中有昆曲大家沈传芷、张传芳、赵阿四、李荣生等。昆曲，让充和发现了一个不同的世界，一个不同的自己，让她沉醉其中。

充和虽然多才多艺，但昆曲无疑是充和人生的主调，是她一生最为倾心和热爱的艺术。从这点来讲，她的昆曲老师们都是她的贵人，而沈传芷更是她最珍贵的领路人。她生病后选择去青岛疗养，也跟老师沈传芷当时正在青岛传授昆曲有关。还有她大弟张宗和当时正准备去青岛度假，姐弟俩年龄相近，感情最好，又是铁杆曲友。

第三位贵人：赏识充和的胡适

胡适先生和充和的交集并不多，但在两个关键事件上给了充和重要的支持。

一是，从上海光华附中毕业后，张充和用一个假名字张旋报考了北京大学。由于从小的国学功底，充和国文考了满分，但数学却是零分。为了录取这名偏科生，当时北大文学院院长胡适费尽脑筋，力排众议录取了张旋，被报纸称为"北大新生中的女杰"。

来到现代式大学，充和对未来充满希望。当时北大中文系名师济济，教授有钱穆、冯友兰、闻一多、刘文典等，但充和真正的兴趣还是昆曲。此时大弟宗和在清华大学历史系，结交了一班曲友，充和也加入进来。张充和、张宗和、章靳以、卞之琳等曲友几乎形影不离。大三时，充和因患肺结核病休，没能拿到北大学位。她先去了香山疗养，而后转赴青岛。

二是，虽然中途因病辍学，但胡适对当年的偏科生张旋（充和）很赏识，所以，在充和大病痊愈后，他力邀充和到南京《中央日报》编副刊《贡献》。充和同时写散文、小品和诗词，初露文学才华。

充和去美国后，和胡适先生还有一些交集。胡适先生在加州大学伯克利分校担任客座教授时，充和刚好就在这所大学图书馆工作。胡适先生常常来借书，却不会填表申请，充和则代劳。闲余，胡适常来充和家做客，胡适和傅汉思也是老友。

第四位贵人：三姐夫沈从文

充和特别喜欢和信任三姐张兆和，遇到事情总向三姐求教，后来去上海光华实验学校读中学也是因为三姐在光华教书。所以，当沈从文到张家求婚时，张充和特别在意，心想这是什么人，居然要娶三姐。短暂了解后，原来是一位很会讲故事的作家，温文尔雅，缺乏自信却义无反顾，最终实现自己爱的梦想。

大病痊愈后，时值中国陷入连绵战火，充和开始四处避难，1938年来到昆明，西南联大精英们汇聚于此。充和与三姐、三姐夫沈从文一家住在一起。当时沈从文是西南联大教授，同时负责主编教育部《中学国文教科书》。考虑充和古文和诗词的功底，沈从文向西南联大秘书长和教育部代表杨振声举荐张充和参与教材编辑。虽然在避难中，但昆明两年，充和过得相对安稳。

除了事业上的相助，沈从文也间接成为张充和与傅汉思婚姻的"红娘"。

抗战胜利后，沈从文一家回到北平，1947年，充和也到北平，在北大代课教昆曲和书法，借住在三姐家。沈家是当时北平文化人聚会雅集之所，杨振声、朱光潜、梅贻琦、贺麟、冯至、卞之琳等都是沈家常客。1948年3月，中老胡同三十二号沈从文家迎来一位洋客人，德裔美籍汉学家傅汉思。他因为钦佩沈从文的文学才气，通过季羡林介绍来拜会久仰的沈从文。

没想到，这个老外和沈从文两个孩子龙朱和虎雏打成一片，经常来沈家做客。这个直接、单纯又兼具儒雅的西方人引起了充和的注意，慢慢两颗心开始接近。沈从文也在观察这位洋先生，他觉得傅先生对充和比对他更感兴趣了。此后，每次傅汉思来，沈二哥直接唤"充和"。孩子们也渐渐感到他们之间的要好，一看到傅汉思就嚷嚷"四姨傅伯伯"。

1948年11月19日，德裔美籍教授傅汉思与北大教师张充和在北平结婚。这一年,张充和35岁,傅汉思32岁。

1949年1月,张充和与傅汉思乘坐"戈登将军"号前往美国。

从沈从文第一次到苏州向兆和求婚开始,到1949年充和离开中国,这二十多年来,充和与三姐及沈从文多数时间都在一起。三姐是充和的贴心姐姐,姐夫沈从文无疑是充和重要的贵人,从事业到爱情,都有沈二哥直接或间接的相助。

第五位贵人:丈夫傅汉思

晚来的爱情总是那么热烈,虽然他们结婚匆忙,但充和的后半生和洋教授傅汉思厮守偕老。

刚到美国的那些年,他们的生活并不顺利。两个人都没有全职固定的工作,他们先去了汉思父母所在的斯坦福大学短暂工作,后来在朋友帮助下,进入加州州立大学做事。傅汉思从事中国文化史研究,充和在图书馆负责中文图书编目。艰难的生活持续了十年,直到1959年,傅汉思拿到博士学位,进入斯坦福大学(全职)任教,他们的生活才算安稳下来。1961年傅汉思被耶鲁大学东亚系聘为副教授,不久后,张充和也被耶鲁大学聘任,开设昆曲、书法课程。

这期间,包括宗和在内的很多国内朋友劝充和返回祖国,但她并没行动。她让汉思安心做他喜欢的专业研究,自己更多承担家庭事务,因为她看到汉思对中国文化的倾心和专注。充和将她的书法艺术归功于汉思的支持与贡献,她的书法第一欣赏者即汉思。汉思对充和的昆曲事业也是全力支持,把妻子的昆曲事业当作自己工作的一部分。每次演出之后,汉思都记录演员、笛子演奏、后台、解说等各方面情况,留作后续探讨和研究。

汉思不愿意把妻子充和置于常规之下,主张她应该像诗人一样自由。妻子的经历就是汉思研究中国诗歌的参照,他们看似寻常的相处,又被赋予了神秘的诗意。

充和有时候会想,自己贪恋的,不过就是那一幕幕人间曲。她带着昆曲走过万水千山,最终落户在异国,从离乱里脱身而出的四小姐走进自己的人生小园,如同她一笔一画写出来的人生小楷。

民国时期的"秘密社交网络"

张宗和是谁?很多人可能不太熟悉,但提起他的姐姐们"合肥四姐妹",想必大家都知道;四姐妹的几个夫君——沈从文、周有光等更在文化界鼎鼎大名。想了解更多四姐妹的故事,可以读杨早翻译的《合肥四姐妹》,该书出自史景迁夫人金安平之手。

合肥张家是名门望族,祖上是淮军二号人物张树声,张树声孙辈张武龄(冀牖)迁居苏州,创办了乐益女中。张武龄膝下有四女六子。长女元和,精通昆曲,丈夫顾传玠是昆曲名家;二女允和,擅长诗书格律,丈夫为语言学家周有光;三女兆和,作家、编辑,丈夫为作家沈从文；四女充和，精通书法、昆曲，丈夫是汉学家傅汉思。

四姐妹之后，张家六兄弟分别为张宗和、张寅和、张定和、张宇和、张寰和、张宁和。老大宗和毕业于清华大学历史系，1947年后去贵州大学执教，院系调整后调入贵州师范学院直至去世；老二寅和是诗人，在《申报》工作；老三定和是作曲家，任教于国立北平师范学院、中央戏剧学院等；老四宇和是科学家，为南京中山植物园研究员；老五寰和毕业于西南联大，子承父业，担任乐益女中校长；小弟宁和是张冀牖和第二任妻子韦均一所生，26岁便成为中国交响乐团第一指挥，后为比利时皇家乐队成员。

关于张家的故事目前最全面的著作是王道的《流动的斯文：合肥张家纪事》。《张宗和日记》，关于合肥张家姐弟们的故事，又补充了很多有趣的细节。

张宗和自1930年十六岁起开始记日记，直至1977年六十三岁逝世前。现存七十三本日记，已经整理出版的是前十四本，记录了1930年8月31日至1936年9月22日之间的事，其中1934年阙如。

张宗和在日记开始前写了一段话：这本日记假如到了

你的手中，假如不看，那我感激不尽；如你一定要看，那我自然没有法子阻止你。不过我有一个要求要请你答应，就是请你看过后不要把中间记的事告诉旁人，也不要来告诉我说"你的日记被我看过了"。这要求你能答应吗？

事实上，张宗和的日记被他的兄弟姐妹和朋友们反复偷看过，他小心地藏在各个角落，总能被人找到。读《张宗和日记》，经常读到他记有人偷看日记，他很气愤。但生气归生气，他也偷看别人的日记。那是没有社交网络的时代，大多数人都有记日记的习惯，也许互相偷看日记就是一种"秘密的社交"，通过偷看他人的日记获取各种八卦资源，进而小范围传播小道消息。

不仅偷看，宗和的好友徐商寿，还在他的日记上留有一大段话。（哈哈哈太社交网络了，还带跟帖的。）

1931年2月20日：

> 今天真讨厌，日记被人偷去了。想里面颇有些话和秘密，如何可以给人偷去，幸而后面知道是商寿那大爷，真没有法子。
>
> 但是事情还得说明白，我有一回偷看了他的文稿，他大怒之余，说七天内要把我的日记偷看一遍。我是很

留心了,日记藏在贴身的衣衫袋里,晚上就藏在枕头底下……

但今天早上一看枕头底下没有了,真没有法子。

商寿那大爷,唉,真没有法子,没有了。

商寿代宗和之地位记:

吓!老实告诉你吧,darling 你一定惊奇于我手脚之迅速吧,我是不惮其详,得全告诉你的。

为了这事,我好好的忙了一会,今天早上我是起身得很快很早的,可是我的原意并不是要偷你。不料在洗脸时你也来了,短衣,眼珠还蒙瞳。我也罢了,大用活儿(渥儿也)也打打呵欠,擦擦眼珠,把脸马虎的一揩,溜出来,到你房里一看……

哈哈,还不是原封未动吗,我又溜了回来。

亲爱的 darling 呀!这是很对不起你的,但是没有法子,真没有好法子的。渥儿者渥儿也。你是懂的。

商寿大爷记

1931 年 2 月 20 日　阴

一起来就去洗脸,回来铺床发现这本日记已经不见了,我并不急,因为我想这一大半是商寿那小猴子偷去了。我盘问了一会儿匡亚，他不知道。昨晚那小猢狲虽然来了几趟，可是我没有睡着，他不可能下手偷日记。今天早上我们又没有看见他来，我猜想一定是夜里他来偷的了。谁知他在今天早上趁我在洗脸的时候进来偷的呢。

偷看过了倒也罢了，又在我的日记上大书特书，真是岂有此理！

……今天一天早上倒了霉了，早上日记被商寿那小鬼偷了去，晚上日记被匡亚那将军偷看了十页。也不知道碰到了什么鬼，总是这样和我捣乱……

坐在桌边，匡亚便递给我一张纸，上面写的是什么根据三大理由他才决定来看我的日记。我看了倒不气，倒觉得有点好笑，我这个人的秘密大概是不会给人知道的。我以前的几本日记都给爸爸偷去给妈妈看过，有一本折子的日记爸爸还了我，另外还有一本日记至今不知下落。我想大约在妈妈跟前。因为有一天妈妈看了我的信稿子对我说："你们的日记信我都晓得。"可是并不要我去寻，自有人会找了送来。

张宗和先生应该不会想到，他的这些日记有一天会正式出版，几十年后，我也成为"偷看者"之一。我喜欢第一卷中这位真实的年轻人,他的好学、好玩、好恶、热血、乐观、任性……都那么诚实而率真。在那样一个时代,有一个年轻人过着这样一种有情、有意、有爱、有理想的生活;回想自己高中和大学岁月,简直乏善可陈。

即使是乏善可陈的平凡日子,如果有心记录,也能为自己留下宝贵的人生财富,而我们总是让这些财富从指间溜走。张宗和先生第一本日记结束时,也写下他记日记的初衷,只是为平凡日子做真实的记录。如今看来,这种坚持是多么可贵啊!

张宗和先生第一本日记结尾写道:

> 生活是这样一天一天的过下去。糊糊涂涂的活着,糊糊涂涂的玩着,糊糊涂涂的读书,一切的事都是糊糊涂涂的过去了,一切糊涂的事也跟着来了。我还不能不这样糊糊涂涂的活下去。我不想做一个顶顶伟大的大人物,只希望能做一个和常人一样的很平凡的人。虽然有许多人觉得平凡是不好的字眼,可是能安安稳稳的做一个平凡的人已经是很侥幸的了,所以我愿意做一个糊糊涂涂的平凡人。

信札里的往事与故事

毛边书,就是印刷的书装订后不切边,"三面任其本然,不施刀削",页与页相连;看书时,需要用裁纸刀裁开来看。这是一种别具情趣的装帧方法,起源于欧洲。爱书人群体中有很多喜爱收藏毛边书的"毛边党",我有时候也会收藏一些。收到毛边本,多数都不裁,如果想看另外再买一本。

日前李辉兄赠《黄裳致李辉信札》毛边书,第一次裁着看。因是书信集,每裁一页就像裁开一封信一样,这种感觉很微妙。

好亲切的感觉。

2003年9月,我成为即将创刊的《新京报》一枚副刊小编,参与创办"书评周刊"和"大家副刊"。当时可谓两眼一抹黑,谁也不认识。就冒昧找副刊前辈李辉先生和陆灏先生,请教他们哪些人是副刊编辑一定要找的。李辉兄第一个给我推荐了黄裳先生,并且给了我黄老先生家地址。

之后,更冒昧地给黄裳先生写信,说自己是一名副刊编辑,《新京报》是即将创刊的报纸,有一个版面叫"大家副刊",想邀约大作。没过多久,惊喜地收到黄老的回信,他说等你们创刊后,寄来报纸拜读一下,定当写合适的稿件奉上。就这样,一位小编和黄裳先生有了长达八年的书信往来,并且在"大家副刊"发表有几十篇黄老大作,还请黄裳先生题写了"大家"刊头。

每次收到黄先生的来信,信封内会有一篇稿件,通常还附有一封信,说一些很客气、谦虚的话,也询问一下近况等等。黄裳先生的字迹挺难辨认的,我通常自己一边辨认一边敲字,而不是交给打字员录入。久而久之,阅读黄裳先生的手稿很轻松愉快。

李辉先生这本信札集是原大影印,读来就像当年读黄裳先生写给我的信一样,熟悉而亲切:"李辉同志……

写了一篇文章给您看一下,不知你意下如何";"李辉兄,谢谢你推荐的大作,我已经在网上拜读了";"李辉兄,你的来信收到,很多事情耽误了,迟复为歉"……如此真实的编辑和作者的交往点滴。这样一种看似传统、老派的交往方式,特别好地反映了那个时代人们对文字、对学问的敬意,以及人与人之间的真情实感。

然而和黄裳先生八年多的书信往来,最大的遗憾就是没有去"来燕榭"拜望过他。其间有好多次有差去上海,也曾去信约好几月几号到上海,想去拜望,黄先生回信说随时恭候大驾,却因种种事务未遂。直到2012年黄先生过世,都未能成行,懊悔不已。

黄先生去世三天后,我写了一封"私信"发表在我曾任主编的《文史参考》杂志以示纪念。这最后一封写给黄裳先生的信,先生没机会看到,我已再不能投递到陕西南路"来燕榭"书斋。

黄先生去世两年后,我有一次参加上海书展,从会展中心去思南文学馆会朋友,特意绕道陕西南路,在黄裳先生家附近徘徊。我大致能确认黄先生家的位置,这个地址写过无数遍,也想象过无数遍走进黄先生家,见到黄先生的场景。毛毛细雨,感慨万千:这么熟悉的路,这么熟悉的楼,直到黄裳先生去世两年后,我才来到这里。有点心酸,但也是很私人很特殊的感受。

书信真的是一种不一样的文体。黄裳先生性格中的一些有趣、任性、真性情只有在信中、在现实的交往中才能够感受得到。读李辉先生的《黄裳致李辉信札》中的信,也能感受到黄裳先生可爱的、奇妙的一面。

黄永玉绘"黄裳致李辉信札"

黄裳致李辉信札

黄裳致李辉信札

从太监坟地到高科技地标

在帝都生活了二十多年，搬家无数次，无非就是从这个庄到那个村。

有孩子的父母们，很多人都有"孟母三迁"（甚至不止"三迁"）的体验，幼儿园、小学、初中、高中，孩子在哪儿上学，家就搬到学校附近。

我们的第一迁就是从北京东南豆各庄迁到西北中关村。虽然只是从村到村，但这俩村的繁华程度可有天壤之别。有"中国硅谷"之称的中关村，是中国高科技地标，也是北大、清华、人大、北理工等名牌高校聚集地，说中关村是中国最著名的村也不为过。

明清两朝，这一带是宫里太监们老了之后养老的地方，他们热衷在此购买"义地"（墓地），修建寺庙。明清称太监为"中官"，所以这片区域被俗称为"中官坟"或"中官屯"。《日下旧闻考》记载："南海淀之东二里许有保福寺。建于明正德十一年（1516），清时重修。此寺占地二亩零四厘，有九间瓦房，土房两间，附近属瓦房一间。泥像九尊，铁五供一堂，另有石碑两座，井一眼，楸柳四棵。"

民国时期进行寺院统计，有记录如是："此寺位于保福寺村六十四号，占地二亩零四厘，有九间瓦房，土房两间，附属瓦房一间。泥像九尊，铁五供一堂，另有石碑两座，井一眼，楸柳四棵。属合村公建。被村公所及小学占用。原有鼐公禅师灵塔，三十年代塌了一半，但仍有香火。"（《北京佛寺遗迹考》，印顺主编，彭兴林著）

1951年4月，北京市政府批准"在清华以南，海淀以东，京绥铁路以西地带"为中国科学院规划用地，约有4500亩。中科院发展用地，几乎涵盖了整个保福寺村，保福寺村下设有11个闾。该区域还有蓝旗营、陈府村和三才堂村等自然村，从1951年11月动工到1959年，这些个自然村已被中国科学院各个研究所、厂区、宿舍全覆盖。

这块区域在中科院入驻之前没有特定规范的名称。除了明清两代俗称的"中官坟"或"中官屯",从民国初年到中华人民共和国成立初期出版的各种地图、地形图以及村志、户籍调查表中,有"中宫""中湾""中关""中关村""钟关儿""中官"和"中官村"等名称,我们可以统称为"中官聚落"。后来,在北师大校长、历史学家陈垣先生提议下确定名称为"中关村"。

随着中科院各个所、厂的进驻,"中官聚落"开始热闹起来,保福寺这座明代寺庙发挥着最后的余热,在寺里开办了一所公立小学保福寺小学,以解决中科院子弟和周边农民子弟上学问题。1958年,中国科学院又在与寺相邻的西面建了一所小学,名为"中关村小学",保福寺小学迁入。1971年,随着学生人数增加,中关村小学分出24个班,成立中关村第二小学,中关村小学也同时更名为"中关村第一小学"。又过了十年,中关村第一小学又拆分出中关村第三小学。

小学迁出后,保福寺基本上就被废弃了。它没有留下任何实物和影像,只剩下这个名字,如今用作一座桥名——保福寺桥。保福寺所在位置即现今中关村二桥南,融科资讯中心大厦所在地。

保福寺这片坟场，除了埋有朝廷大员、高僧禅师、太监和农民，还有一位一生凄苦的女性，她是鲁迅原配夫人朱安。

1947年6月29日，朱安被发现一个人孤独地死去。许广平希望朱安陪伴鲁老太太，最好下葬海淀四季青板井村周家墓园。但不知什么缘故，周作人大儿子周丰一与宋琳商洽的结果是，把朱安下葬在保福寺，这处墓地是周作人家私产。宋琳是鲁迅的学生，对朱安晚年多有照应，朱安去世前一天见的最后一个人就是宋琳。朱安嘱托了两件事：1.灵柩拟回南葬在大先生之旁；2.每七须供水饭，至"五七"日给她念一点经。然而这位一生苦命凄凉的绍兴女子，死后依然孤魂难归。友人在给许广平的信里提及"棺材还好，但没有墓碑更没有墓志铭"（乔丽华《朱安传》）。

如今中关村中科院属地，已很少见中科院入驻以前的历史信息。这片繁华都市一角，每天车水马龙。四环路把保福寺南北两分，没有围墙的中科院，各所、厂、宿舍散落在大街小巷。偶尔还能接收到一些上世纪六十年代的讯息，如首任院长郭沫若倡议成立并亲自题写牌匾的"中关村茶点部",如今已是网红糕点铺,每天排着长龙。

前几日带小茶包在融科资讯中心前面广场玩,偶然发现一间小平房缩在林立高楼间,走近看到石头上刻有:"一九八四年柳传志等十一名中科院计算所科研人员在此创办联想。"在柳传志和联想创业史的书籍和报道中,这处租来的传达室频繁被提及,却原来还完整地隐藏在保福寺一角。

参考资料:
《在保福寺桥下,寻找历史的草蛇灰线》,陆波,首发于腾讯·大家
《中关村为什么叫"中关村"?跟中国科学院有关?》,杨小林,载于《中国科学院院刊》2019 年第 9 期

冯骥才的文化迭代

迭代是互联网时代的常用语,意为系统升级,就像我们从 iPhone6 一路到现在 iPhone12。时下,互联网或电子产品如果不迭代,很快就被淘汰,那文化产品、知识产品需不需要迭代呢?当然也需要,只不过比较慢。就像我们传统出版,也在逐步升级,但总体还是保持了传统模式。

说到文化迭代,我觉得冯骥才老师是真正的先行者,读完冯骥才先生记述文化四部曲(《冰河》《凌汛》《激流中》《漩涡里》),基本上可以看出一位知识人在不断文化迭代的过程。我试着谈几点感受。

1. 一部超级电脑

如果把人比作一台电脑,那大冯老师无疑是一台超级电脑,主机大,内存足,有使不完的力气,用不尽的精力。在中国从事文化的人群中,大冯老师无论个头还是块头都应该是最大的。加之五十年来的系统不断升级,说大冯老师是超级电脑应该是准确的。

2. 两套操作系统

一套是那个时代内置的"黑五类"系统。这套系统让大冯老师这台大电脑几乎处在瘫痪状态,什么都不能做,不敢做,能够获得短暂休眠不蓝屏就是万幸。那个年代的文化人几乎都被内置了这套系统,有些人主机不够强大,跑着跑着就跑不动了。但是大冯老师跑下来了,因为他还有另一套操作系统在发挥作用。

另一套就是自由、秘密的系统。大冯老师凭借自己超强的行动能力,成为那个年代的超级业务员,维持了书画社的生计,保证了二十多人每人每月四十五元的收入。这位喜欢戴着"瓦西里"帽东奔西走的业务员,干得很辛苦，却获得了那个时代最可贵的东西——自由。躲开单位那些纷乱的人和事，在那个不自由的年代，获得这短暂的自由是多么的珍贵。

这套系统里还有一项重要的源代码——秘密写作。在如此不自由的环境里，大冯老师秘密写了很多东西，东藏西藏，砖墙里，烟道里，语录后面，甚至藏到自行车车管里，以致一直担心自行车被偷。秘密写作让这套系统高度紧张又高度灵敏，所以，后台运行的这套系统，保证了"文革"结束后，系统的全新迭代。

3. 三次升级迭代

第一次迭代：文学爆炸。"文革"结束后，1977年来到人文社"借调式写作"。有了之前的秘密写作，这次的系统升级非常顺利。在朝内大街166号院里，大冯老师迎来自己文学的第一个春天。《义和拳》《神灯》《铺花的歧路》《雕花烟斗》《啊！》……都是第一次迭代时期的文学收获。

随着环境逐步宽松，维持了三四年的"伤痕文学"潮过后，大冯老师开始思考文学的未来。他和刘心武在

《人民文学》上用书信的方式探讨《下一步踏向何处？》，也和李陀在《上海文学》上探讨中国文学现代派问题。在文学自我发难期，大冯又写了大量作品，尝试更多文学的可能性，《高女人和她的矮丈夫》《神鞭》《三寸金莲》《阴阳八卦》，以及持续写的《一百个人的十年》……

第二次迭代：回归绘画。在文学列车上奔驰了十几年后，大冯老师感觉没了方向盘。这时候，另一支笔开始蠢蠢欲动。大冯在一篇《我非画家》中宣告自己回归绘画："我曾有志于绘事，并度过十五年丹青生涯，后迫于'文革'终止……叫我离开绘画又何其难也。"

1990年，《冯骥才画集》出版，之后开始全国巡展，画画又让大冯忙碌起来。也正是巡回画展的那两年，让大冯老师进入第三次迭代：在周庄一次卖画买迷楼实践中，走出了文化遗产保护的第一步。在老家宁波慈城的"冯骥才敬乡画展"期间，感受到唯家乡风物才能生出的自豪。那次又实践了卖画保护贺知章祠堂之事。

第三次迭代：文化遗产保护。真正让大冯老师从一己的世界里突然蹦起来进入文化遗产保护中的是天津老城保护。几乎是争分夺秒和拆迁方及其他各方抢时间，记录和说服同步进行。保护天津卫，保护估衣街，以救火般的速度和救死般的精神抢救老城和老街。这个漩涡一脚踩进去，就是二十多年。在这个漩涡里，一边陷落一边升腾。

大冯老师一次演讲的题目是"不能拒绝的神圣使命"，这个题目也是李辉老师策划出版的"冯骥才演讲录"的书名。这个发言实际上让大冯老师把自己钉在民间文化遗产保护的十字架上。后沟村、朱仙镇、蔚县、贵州苗寨、福建土楼……这位行动的知识分子用双脚去丈量他深深热爱的中华大地。

这三次迭代，用大冯的话说就是：沿着文学的大道，翻过一座绘画的廊桥，掉入民间文化保护的漩涡。

4. 诸多外置硬盘

随着系统越来越升级，大冯这台超级电脑的硬盘越来越不够用了。于是，他外置了很多硬盘，把不同的数据导入外置硬盘里，以保证电脑正常运行。在《漩涡里》145页，他把自己的硬盘做了细致的分区。

C盘：写作，一年中占75天；

D盘：天大学院，一年中占75天；

E 盘：文化遗产保护，一年中占 30 天；

F 盘：绘画，一年中占 30 天；

G 盘：全国政协，一年中占 21 天；

H 盘：天津文联，一年中占 15 天；

I 盘：全国文联，一年中占 15 天；

J 盘：中国民协，一年中占 15 天；

K 盘：民进中央，一年中占 15 天；

L 盘：小说学会，一年中占 9 天；

M 盘：其他——家庭、出国……

5. 五十年不宕机

毫无疑问，大冯老师是一台五十年不宕机的超级电脑。只有两次短暂的待机休眠。

一次是红卫兵抄家的时候，他看见妈妈被红卫兵批斗后的样子吓得大叫一声，整个人就蒙过去了。仅过了一分钟，好像有一根牛筋拉了他一下，整个人又"还阳"了，脑袋像是被清洗过一样，极其清醒。

另一次是，"文革"后进入创作旺盛期，高强度的创作和兴奋的状态，导致身体垮了。于是停下写作去北戴河疗养，还碰到蒋子龙、叶文玲、张抗抗、王安忆等人。即使在那段时间，也按捺不住拿笔写一些散文，《书桌》就是那期间的名篇。

马三立先生说：你大冯比我多一匹马，所以更累。

6. 新身份：程序员

我最后想说，大冯老师不仅是小说家、画家、民间文化遗产专家、民俗学家、人文旅行家、音乐鉴赏家、思想家、教授、院长……还有一个大家想象不到的身份——程序员。

他通过自己几十年不懈的努力，收集整理了中国文化中的各种源代码，然后，开发出不同主题的操作系统，比如：年画操作系统、古村落操作系统、古建筑操作系统、口头文学操作系统，等等。未来从事中国民间文化研究的人，只要装入这些系统，再慢慢进行自我的系统迭代，会做出更大的学问。

所以，大冯老师这几十年来开发的这些系统，综合起来就是一套"中华文明操作系统"，有了这套系统，我们中华文明的伟大复兴应该指日可待。

辑二 书中小站

书房整理记

在苏州，参观了王稼句书房"听橹小筑"和王道书房"一水轩"，大有触动。书房应该营造一种适合阅读和写作的氛围，方能乐在其中，享受书香之味。

我家书房杂乱无边，本来就不大，却成为家里吞吐量最大的空间，不仅书往这儿堆，其他网购来的日常用品及各种纸箱等都往这里堆，恶性循环，终于成了库房。苏州归来后，决定把书房整理一下。

整理书房是给自己挖了一个巨大的坑，想象着书房的乱象，不知道得搭进去多少时间。但这个坑和别的坑不一样，挖着挖着有很多惊喜和感动，有点停不下来的节奏。其实我的书架上没什么宝贝,既没有古籍善本,也没有版本价值高的书籍,大多是近几十年出版的书。只是这些年的小小积累,虽没有太刻意,但这些书里有记忆、有故事。整理书架,其实是在翻阅记忆。

这个坑从客厅开始挖。

客厅沙发背后一面书墙,摆放电影、音乐、艺术、旅行、生活、美食方面的书,还有各种杂志。用了两天时间,把书架上的书都搬下来,掸掸灰土,擦擦书架,累得老腰酸啾啾。但感觉很带劲,还有一丝丝感动。

脑海里不时浮现当年在书店当店员搬书时的情景。那时候,每天在书店里,把书架上的书一一搬下来,再按自己的方式一一码上去,所有的书在什么位置就了然于胸了。相比当年书店十几万种书,家里这点书经这么一折腾,应该能理出个清晰的队列,以后找书就不那么费劲了。

抽几本书来讲几个小故事。

偷偷藏了一个小书库

做书店店员那两年,每天在书架间逡巡,一个十几

王稼句书房

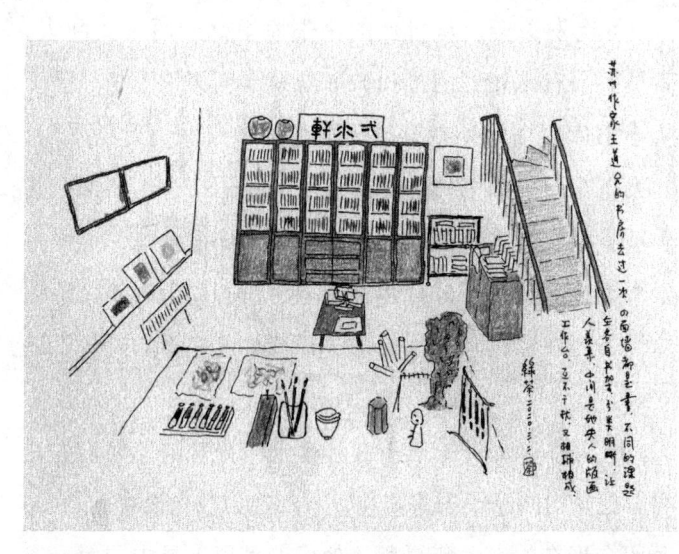

王道书房

万种图书的大书店，每天都有新发现。我把一些即将卖完的好书偷偷留一本给自己，期待着找机会买下来。久而久之，书店库房角落为自己特设的小书库上书越来越多，我一个穷学生不知什么时候才能把这些书都买回去。

每次发工资，从自己的小书库里挑一两本买回去，店员买书有比较好的折扣，陆陆续续也买了不少。除了从小书库买书，还在学校周边海淀图书城、万圣书园、北大小东门外旧书摊等地方买书，我们宿舍的书架，几乎被我的书霸占了。毕业后在单位集体宿舍住，这些书根本没地方放，只好打包寄回老家，有六十多箱。现在这批书还在遥远老家姐姐房子顶楼堆着，不知道是否还安好。

这次整理发现的王小波、李银河合著的《他们的世界》就是当时从小书库购得，不知道为什么没寄回老家，而留在现在的家。华夏版《他们的世界》是中国第一本讨论男同性恋的书。

这本不起眼的小书是在书店角落偶然发现的，当时有十来本，貌似很久没人碰过了，上面落了一些灰。

2006年王小波去世，他的《黄金时代》《沉默的大多数》等都卖疯了。我把已经在书店待了好多年的这十来本《他们的世界》悄悄摆在王小波其他著作旁边，一眨眼工夫就没啦，还好我当时好奇，自己留了一本。

成府街的文艺时光

成府街不是现在的宇宙中心五道口的成府路，而是北大小东门外一条不起眼的小胡同，胡同里有万圣书园和雕刻时光咖啡馆。这条胡同几乎是大学时光的文艺圣地，每天必来。顺着北大未名湖和博雅塔之间那条小路东行就是北大小东门，出门后往北约二百来米就是成府街西头入口，胡同口有个万圣书园 logo "三个小鬼"；西头进来，先看到是一家小书店"蓝羊书坊"，专营音乐、艺术类书籍，老板很懂书和音乐，每天路过小店能跟他聊半天。多年后这家小书店搬到清华西门往北，去过一次，不知道现在还活着没有。

继续深入胡同，就是"雕刻时光"，那些年北京类似的咖啡馆还不多，有很多西方电影放映的咖啡馆更少。我很少喝这里的咖啡，只是经常来看电影。老板是台湾人，北京电影学院毕业，收了很多西方电影大师的作品，咖啡馆观影是重点活动之一，不似如今的雕刻时光已经是很大众化的咖啡馆。

第一次读到《雕刻时光》(繁体版)就是在"雕刻时光",老板庄先生在书上有很多批注和感想,我爱不释手,恨不得偷了走。直到2003年8月人民文学出版社才出版了简体版,立马购了一本,但完全没了当年看繁体版时的感动。塔可夫斯基是我心中真正的电影大神,他的电影DVD和书,见之收之。可惜他太小众,关于他的东西非常少。手里现有《时光中的时光:塔可夫斯基日记》和塔可夫斯基拍立得摄影集《世上的光》,加上新经典再版的《雕刻时光》。

互联网时代的副刊情结

作为曾经的副刊编辑,我保存了很多报纸和杂志,这些落满灰的报刊虽然占了不少地方,还是有点舍不得扔。这次收拾书房,翻看这些有点泛黄的刊物,仍是有些小感动,摸着纸刊还是最感亲切,我是有很深副刊情结的人。

在国内媒体副刊中,《上海书评》是我最喜欢的之一,主事者陆灏也是我最敬佩的副刊编辑。创刊头几年,每期都收到纸刊,后来有了公众号和"澎湃",就没再寄,但手里的上百期都没舍得扔。如今看来,越发值得珍藏了。

同样是陆灏编的《万象》也曾一路跟读,后来陆公子不编了,就很少买了。家里现在存留有一个架子的《万象》。离开《万象》,陆公子的作者们少了一个阵地,后来陆公子又创办了几份MOOK,如《无轨列车》等。直到《上海书评》创刊,原来很多《万象》的老作者,才又找到新的阵地。

当然,存留最多的还是《新京报〈书评周刊〉》和《新京报》"大家"副刊,我共为这两个副刊服务了七年多,编有300多期《书评周刊》和几百期"大家"。和文化圈的学者、作家,各领域专家的交往,最频繁就在那些年编副刊的日子。虽然很多作者最后都成为朋友,但没有机会继续刊发他们的作品,是不再做副刊编辑后的最大遗憾。

翻出两本《书评周刊》合订本,印象中,合订本就出过两期。还编过一本2003年创刊至2005年的精选集《最有影响力的书》。现在想来,当时还是太懒了,没有为《书评周刊》留下更多的成品。

必须向"六根"李辉兄致敬。他临退休前,为自己的副刊编辑生涯做了一项大工程——主编了一套"副刊文丛",准备每年出20种,一为专栏系列,另一为个人系列。这套"副刊文丛"至今已出版几十种,形态也越来越多样,希望这个系列能让副刊生命得以延续。

我特别推荐一份家族副刊《水》,这是合肥张家姐妹创办的家族内刊,自1929年创办,至今仍在自发编辑发行。《水》的内容包括时评、散文、小品、科学、戏剧、昆曲、自述、书画、摄影等,撰稿人从张家十姐弟到周有光、沈从文、叶圣陶、葛剑雄、范用、郑培凯等名家,门类繁杂,百花齐放。刊物一度在抗战期间停刊,后于1996年在京复刊,周有光夫人张允和任主编,后交接张寰和,现任主编为沈从文儿子沈龙朱。

报纸越来越少,副刊越发显得可贵。向一切还在坚持办副刊的报纸致敬,向还在编副刊的编辑们致敬,这个时代,我们越发需要副刊的安静和耐心。

杂志是阅读的路

纸媒时代,报纸基本上看完就扔,但好多杂志留了下来。我曾经供职的《文史参考》留了很多，离开后，改刊为《国家人文历史》，继续寄赠与我。还有《新周刊》《城市画报》《中国国家地理》《出版人》《天涯》《芙蓉》《书城》《万象》《万科》《SOHO小报》《温州人》《中国编辑》《金地·新空间》《艺术世界》《环球银幕画刊》等，占据了很大一片贴地的书架。今天全部翻过一遍，把一些感兴趣的封面和一些特殊杂志留下来，还有创刊号、复刊号、试刊号等也留下来，其他的都打包处理掉。

还翻出一些读书类的杂志和MOOK，如祝勇编的《阅读》、林贤治编的《读书之旅》等，都只出一两期就没有后续了。还有一份《今日先锋》，十来年共出有14期，我原来收全了，有几期在老家，手边还有几期。

《人文艺术》是一本很先锋的艺术杂志，我手里有5期，不知道后来有没有再出。

还有一类杂志也特别多，就是民间爱书人自印的民间读书报刊。这个群体非常大，每年开一次"中国民间读书报刊年会"，我参加过在北京举行的那届，由北京的《芳草地》杂志主办。也是在那届会上，认识了很多民间读书报刊创办人，多年来，陆续收到他们的赠阅。

南京的《开卷》是民间读书报刊的典型代表，已经办了200期。主编董宁文非常用心，常年记录书人交往录，先后出版了很多卷《子聪闲话》。

书店自办杂志也曾风靡一时

关于书店的书和杂志，我收集很多很全，再次翻到这些书时，那种喜悦是无以言表的，有太多淘书的记忆和往事涌上心头。曾经在全国有七百多家连锁的席殊书屋，办有《好书》杂志，为席殊会员提供好书资讯，我留存了一些；曾服务过的风入松书店，也办有自己的刊物《风入松书苑》，是一份很好的书单导览；再有我敬重的万圣书园，曾办有《万圣阅读空间》，也是书店自办刊物的代表。上大学时曾写过一篇《北大周围的三家书店》，其中写万圣的那篇就被选入《万圣阅读空间》，给了我很大的鼓励。再比如，老友方韶毅，当年在温州和朋友办了一个小书店叫猎书馆，也自办有《猎书》杂志。

那一代书店，都有自办刊物的传统，也许是受了台湾诚品书店办《诚品好读》的影响。一家书店，有自己的阅读主张，有自己的阅读趣味，再通过刊物的方式表达出来，是非常必要的。

书店办杂志，在中国有很久远的传统。民国时期，大多数书店都有自办杂志甚至出版社。前面是书店，后面是编辑部和会客厅，甚至还是地下工作阵地，这样美好的场景在大量的文学作品中都有读到。羡慕那个属于书籍、属于书店的黄金时代。如今在日本或其他地方逛书店，依然能感受这样的传统。我搜罗了很多各地书店自办的免费杂志，有些精美无比，有些甚至一办几十年，这些小小的收获却是逛书店时最意外的惊喜。

如今很少有书店自办杂志了，一方面是经营上的考虑，在如此艰难的生存面前，再多办一份杂志是奢侈的；另一方面也是因为传统的逝去，自办杂志已经不是书店的标配。现在很多书店注重外表的光鲜、设计的精美，追求所谓的最美书店，却很少考虑杂志这种软性的、需要耐性和持续性的东西。

当然，我们会说，传统纸媒都活不下去了，怎么能指望书店还在办纸媒呢？而我的看法是，越是纸媒时代过去，书店自办杂志才更显现其价值。如今哪还有像样的书评杂志？作为和读者最近的书店，如果能有一份像样的书评杂志,那这家书店一定是我愿意经常光顾和消费的。我们不是都在倡导体验吗?有一份属于书店的杂志,难道不是最好的体验之一吗?

我最喜爱的十个出版品牌

多年来从事书评、阅读推广等工作，和很多出版机构密切"勾搭"，同时承蒙他们关照，经常给我寄书。为表示感谢，今天推荐十个最喜爱的出版品牌。他们的书是我每年重要的阅读营养，也是我书房里的重要"嘉宾"。

理想国：想象另一种可能

地铁五号线和平里北街A2口出来，前行几十米有个化工社区，小区内一栋普通的四层居民楼，就是理想国所在地。

自2003年从事书评编辑起,就是理想国的忠实粉丝。他们的前身是北京贝贝特,出版的每一部作品,都符合我心中好书的标准;而他们营销小编多年默默寄来的样书,更是让我的书房,多了一个"理想书架"。

2010年,北京贝贝特创立"理想国"品牌,更是大大提升了品牌的质感和影响力,一年一度的理想国年度沙龙成为京城重要文化盛会。除了年度沙龙,理想国每年还有200多场文化沙龙。

从老总刘瑞琳到营销小编,理想国应该是我认识最多人的出版机构。年终媒体聚会也是必须到场的,在理想国小楼四层露台上,都是朋友,大家聊天、喝酒、听歌,最后"顺"一些理想国最新好书回家。

作为书评编辑,我很喜欢推荐理想国的书。作为杂志编辑,曾和理想国有过出版合作。曾任执行主编的《东方历史评论》,就是在刘总的四层办公室谈妥合作出版事宜。作为朋友,曾给理想国推荐过一些选题,比如,韦力的《得书记·失书记》等,出版后也有不错反响。作为读者,我家书房有专门的"理想书架",共有多少个品种没数过,但绝对是书房一霸。

理想国品牌下有很多经典的书系和大牌的作者，陈丹青、梁文道、龙应台、木心、杨奎松、白先勇、许倬云、郑培凯等等都是如雷贯耳，他们的大部分作品都成系列由理想国出品。另外，温故系列、电影馆系列、讲谈社·中国的历史、兴亡的世界史系列、理想国译丛（尤其变着花样的M设计），更是让人爱不释手，一年能啃下几本就觉得赚了。

理想国旗下"看理想"音频，是我唯一安装的影音应用，其音频节目梁文道《一千零一夜》《八分》、陈丹青《局部》、马世芳《听说》、杨照《中国原典通读》、葛兆光《从中国出发的全球史》、刘瑜《比较政治学30讲》等等，可谓是网络世界最有品质的音频节目。

想象另一种可能，理想国的slogan道出我们很多想象，也让每个读者从这些想象和出版的作品中感受到思想的力量。

汉唐阳光：改变，从阅读开始

谁能想到，以人文历史出版为主的汉唐阳光，曾以励志书《世界上最伟大的推销员》起家。创始人尚红科很低调，很少公开谈这么多年汉唐阳光创业史，尤其是他们面临的市场和其他多方面的压力。

从1998年《思忆文丛》开始，尚红科开始介入人文历史出版。一次巧合，尚红科出版了吴思的《潜规则》，从此汉唐阳光真正开始在人文历史出版领域为人所知。2003年我开始做书评编辑时，正是吴思《血酬定律》出版之时，因为之前读过《潜规则》，对《血酬定律》特别期待，做了不小篇幅的报道。此后，汉唐阳光出品的书，几乎本本登上我编辑的版面。

汉唐阳光的书绝对都是上品，2005年，徐晓的《半生为人》，李亚平的《帝国政界往事》，张鸣的《历史的坏脾气》等；2006年，李零的《丧家狗——我读〈论语〉》；2007年，王学泰的《游民文化与中国社会》；2008年，杨天石的《寻找真实的蒋介石》等；2009年，章东磐的《父亲的战场》，雷颐的《李鸿章与晚清四十年》，金冲及的《二十世纪中国史纲》，以及《聂绀弩旧体诗全编注解集评》等；2010年的《国家记忆》；2011年，金雁的《从"东欧"到"新欧洲"：20年转轨再回首》，张木生的《改造我们的文化历史观》，十年砍柴的《进城走了十八年》；2012年，金雁的《倒转"红轮"：

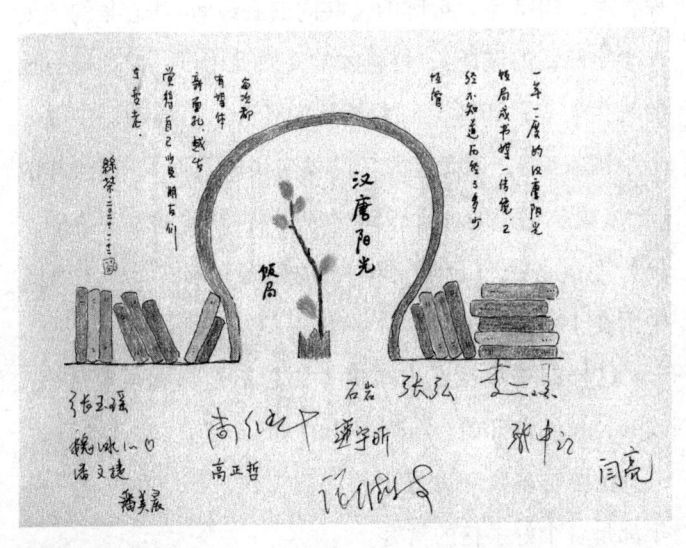

汉唐阳光饭局 2019

俄国知识分子的心路回溯》，寇延丁、袁天鹏的《可操作的民主：罗伯特议事规则下乡全纪录》，汪朝光、王奇生、金以林的《天下得失》，黄道炫、陈铁健的《蒋介石：一个力行者的思想资源》，杨奎松的《西安事变新探》等；2013年，秦晖的《共同的底线》，沈志华的《处在十字路口的选择》，冯筱才的《政商中国：虞洽卿与他的时代》等；2014年，周锡瑞的《叶：百年动荡中的一个中国家庭》，茅海建的《戊戌变法的另面》，邵燕祥的《一个戴灰帽子的人：1960—1965》，刘瑜的《观念的水位》等；此后，《阿城文集》，周锡瑞、李皓天的《1943：中国在十字路口》……

这样的书单摆在你书房里，是不是顿觉很有底气？改变，从阅读开始！汉唐阳光的slogan道出阅读本质。

我参与多个年度好书榜评委工作，汉唐阳光的书每年都是各个好书榜的常客。

认识尚红科这么多年，他很少向我推销他们的书，都是简单吃个饭，聊一些他的作者以及拖稿的无奈，然后，送我几本新出的好书。每次听他讲催稿的故事，都感到一种情怀在坚强支撑。很多大牌学者的书，一等就是很多年，很多年一直等。

最近几年,他更是美国中国两地跑,每次回来,有机会总要见见,聊聊彼此的见闻。一次晚宴上,黄集伟老师说他的每周语文有一个词特别适合老尚——"人生赢家",我们都觉得很贴切,出了那么多好书,养了好几个孩子,你不赢家谁赢家。

从此,我们羡慕嫉妒恨别人就说:你人生赢家,你们全家都人生赢家。

甲骨文:让我们一起追寻

毫无疑问,社科文献出版社旗下"甲骨文"是崛起最神速的出版品牌,在我收的所有出版品中,甲骨文书架是最独特的,它们装帧看似不一,却呈现出整体的视觉冲击,几乎是看一眼封面就知道出自甲骨文。它们的 logo 其实在书封上很不突出,但嵌入得恰到好处,这就是品牌的魅力。

当然,一个好的品牌不单单表现在装帧,主要还是看内容品质。甲骨文作品多为海外经典历史著作,也毫无例外都是大部头。这些砖头一样的历史书,每一本读起来都很有难度,但丝毫不影响对这些书的拥有欲,就像当年一定要收那些啃不动的存在主义、后现代主义的书一样。

甲骨文团队人数并不多，但其产量却惊人。2013年1月，第一本《罗马帝国的崛起》出版，开始了甲骨文时间。之后的《天国之秋》《野蛮大地》《午夜将至》《阿拉伯的劳伦斯》《乾隆帝》《金雀花王朝》《撒马尔罕的金桃》《上帝与黄金》《湖南人与现代中国》《原始的叛乱》《革命之夏》……到近年的《国民党高层的派系政治》《未了中国缘：一部自传》《迦太基必须毁灭》等一系列作品，让甲骨文在短短几年时间做响了品牌，彰显了格调。

在甲骨文全系作品中，还有一个小系叫"莱茵译丛"。我特别喜欢这个系列，首先是喜欢其装帧，两种纯色搭配在一起，特别舒服，摆在书架上那种分明和突出，总让我有抽出来一"读"为快的冲动。《希特勒与20世纪德国》《民主德国的秘密读者》《自由的权利》《德意志文化》等等，本本戳中我的阅读痛点。

让我们一起追寻，那些每一本都是好书样子的书。

三辉图书：通往自由的智识生活

三辉是一家理想主义出版公司，这么多年坚持学术思想出版，让人敬佩。他们的书也是好书榜常客，也多次被不同评选机构列为年度致敬出版机构。严搏非是让人尊敬的出版人，他的出版理想不仅表现在三辉上，还表现在他创办的季风书园。艰难的生存环境让他依然走在出版、阅读的单行道上，多年来一直坚持编辑《季风书讯》，是我获取学术思想书讯的重要渠道。

三辉的合作方一直不太固定，早年在新星，后来有商务印书馆、中信、中央编译等等多家出版社。一家民营出版公司最难的就是找到和自己气质相符并合作顺畅的出版方。以出版学术思想书为主的三辉，无疑受到更大的阻力，很多出版社迫于多方的压力虽有心却无力。而且，学术思想类图书的市场也是加强这种压力的因素之一，没有好的销量，再大的情怀往往都不能持久。

好在这几年三辉越挫越勇，依然坚持出版类似《天鹅绒监狱》《徐贲作品集》这样的作品，而且多渠道开花，品种、市场和影响力都有了全面的提升。我对这样的出版勇气和情怀乐见其成。三辉一直为这个未知的世界留存一些思想，为当下的生活提供有益的思考资源。这才是通往自由的智识生活。

后浪出版：后浪漫时代的浪

后浪也是一家多年坚持品质的出版品牌。他们的大学堂系列、小学堂系列、电影学院系列都很有特色，探索出独特的国外教材出版模式，这种第 N 次再版的推介模式，在我国读者心中很有说服力。多年的坚持终于在 2015 年达到爆点，一本《秘密花园》让后浪一夜之间华丽翻身，进入了后浪 3.0 时代。

如今的后浪全面开花，推出多个子品牌。童书板块有浪花朵朵品牌，推出有《翻开这本小小的书》《动物的朋友圈》等作品；历史板块有汗青堂品牌，出版有《丝绸之路新史》《东大爸爸写给我的日本史》《十二幅地图中的世界史》等著作；漫画板块有后浪漫品牌，出版有《万物：创世》《南京》《阿兰的童年》等；还有秘密花园涂绘学院，继续开发优质涂色书和衍生品。

某年安溪采风，见到后浪创始人吴兴元。吴兄是安溪人，听说我们也在，在上海开完会匆匆赶回安溪和我们见面。但因为日程太紧,我们只在酒店匆匆一起吃了顿早饭,没来得及听他讲述更多后浪的辛酸和温暖。但看他们的劲头,大有"长江后浪推前浪,后浪继续往前浪"的势头。

读库:我们把书做好,等待你来发现

嗯哼!

介绍读库前,一定先来一声老六的招牌撒娇——"嗯哼"。

0600,读库开始了。关于读库诞生记,老六已经在66个场合说了66遍,"……在石家庄开往北京的火车上……读库诞生了"。一开始,读库是一本MOOK,然后,是一个网店,然后,是一个出版公司,然后,是一个互联网公司,再然后,是一个跨国公司……

十年来,读库库房搬了六次,终于搬到六环外;2020年,读库南通库房开张和读库阅读基地迎客,是疫情年出版界少有的好消息。十年间,出了七十多本《读库》以及一百多种书和衍生品。在十周年年会上,坛子脸大叔又开始探讨人生,"在《读库》出现之前,好书

韩志办公室

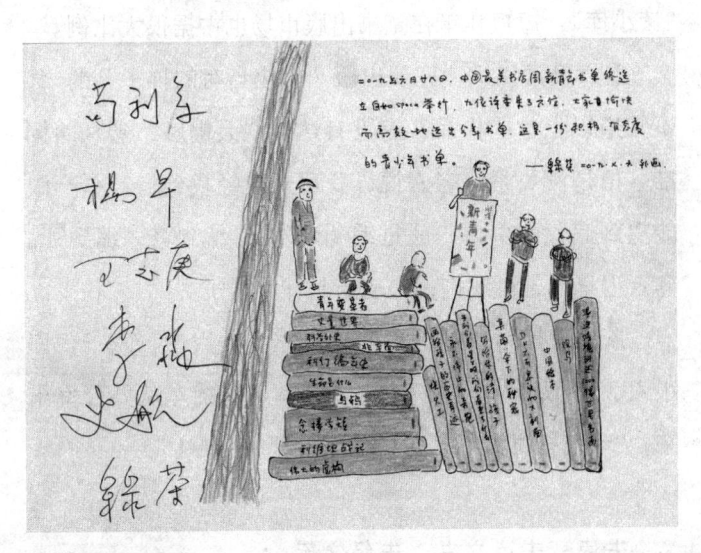

新青年书单评选

数不胜数，在《读库》出现之后，好书比比皆是"。的确，这十年来，读库出品的好书比比皆是，《共和国教科书》《传家》《护生画集》《青衣张火丁》《城南旧事》《中国故事绘本》《永玉六记》《故乡与童年》……儿童品牌"读小库"，短短几年在童书出版市场也占据很大比例。

老六经常说，读库要出版"书应当有的样子"的书，不知道以上这些作品，有没有达到"天蝎座"老六的标准。但是没关系，老六说，我反正已经找到自己"一眼能望到底"的生活，就是编《读库》，编到老，编到死。老六迟早会告诉我们，书应当是什么样子。

张老六姓张，你可以叫他张立宪、六哥、六爷、库小六、读小库……哼着歌，老六骑着平衡车从办公室出来，"我们把书做好，等待你来发现，嗯哼！"

未读：未读之书，未经之旅

先知道未读微信公众号，才知道未读及背后公司联合天际。未读图书的版式一直为人称道，抓选题的能力也有独到之处。

未读成立时间不长，出版的书品种不算很多，几个系列如艺术家、文艺家、生活家等等类型清晰。口碑最好的当属天书《塞拉菲尼抄本》,我也买了一本,书中那些烧脑符号的确让人晕眩。他们把作者邀请来,在"798"做了一次分享,听完依然云里雾里。这些年,出版界出版的天书越来越多,如《S》《红书》等,对于这些超出我们阅读范畴的书,我们为什么那么喜爱?又该如何假装我们看懂了?

连续几年,未读发起"中国最美书店周"活动,在全国很多书店落地,据说影响很好。我应邀参与最美书店周主题书单评委工作,钦佩他们的认真工作态度,每位评委都收到他们寄来全部候选书目,经多方沟通确认,选出最终的20本书单。

这是一个年轻的出版品牌,未读之书,未经之旅,一切未知的可能性都愿意去尝试,自然有值得我们期待的地方。

世纪文景:社科新知,文艺新潮

在外国文学领域,除了上海译文、译林等传统大社外,陈明俊领衔的新经典和施宏俊领衔的世纪文景是最重要的两个品牌,《达·芬奇密码》《追风筝的人》《我的名字叫红》《2666》……世纪文景似乎总能找到文学出版的爆款。尤其是《我的名字叫红》出版后不久,帕慕克获得诺贝尔文学奖,一时间,《我的名字叫红》红得发紫。之后帕慕克全系作品均由世纪文景出版,直至今年,还出了新作《我脑袋里的怪东西》。印象中,还没有哪个"诺奖"得主作品能有《我的名字叫红》这样扣中爆点。

每年年末的世纪文景媒体年会也是多年的保留项目,大家聚在一起,聊自己喜欢的书,喜欢的人。巧的是,每年的聚会都是我签版日,早早回去做版,每次,半路都接到王蕾电话,"你中奖啦!""你又中奖啦!"真真假假,总之,我向来没中奖的命。

几年前,世纪文景施宏俊、王蕾团队转会中信出版集团,成立"中信·大方"品牌,上海书展期间,大方出品的书开始登场。而世纪文景继续保持着好的势头,好书频频。不经意间,世纪文景把品牌变为"文景",品牌属性越来越清晰,"阅读未来"是他们新的理想。

上河文化：坚守老文艺

2013年，杨全强杨师傅从南京大学出版社编辑部主任任上辞职，创办上河卓远文化，继续和南京大学出版社合作，出版了不少很文艺很酷的书。尤其是音乐、摇滚等方面书籍，有关于摇滚乐中美国形象的《神秘列车》、关于鲍勃·迪伦《地下录音带》的《老美国志异》、地下丝绒主唱卢·里德的《穿越火焰》、珍妮丝·乔普林传记《活埋蓝调里》、吉米·亨德里克斯传记《满是镜子的房间》等，这些摇滚之书是我的最爱。还有如《致D：情史》《安吉拉·卡特的精怪故事集》等很受文艺青年喜爱的书。

我之所以喜欢这家规模很小的公司，就是因为他们是目前最坚持出版摇滚题材的公司。如今上河文化和河南大学出版社合作，继续出版摇滚乐书籍，先后推出大门乐队传记《聆听大门》、鲍勃·迪伦自传《编年史》等。

作为一头曾经的摇滚狗，虽然已经多年不听摇滚乐，但看见摇滚乐的书就非收不可。前面提到的未读也出版过摇滚相关书籍。未读和乐童音乐联合众筹了《经典摇滚乐指南》，不久前刚刚出版了第一本《齐柏林飞船》；上海贝贝特之前出版有《荣光之路》《回到苏联：披头士震撼克里姆林宫》等摇滚乐书籍。

上河的书很对我这头老文艺的胃口。

双又文化：有图有真相

双又文化更是一个全新的品牌，张维军、陈小齐夫妇共同主理。张维军以前在中央编译出版社创办"梦想家"品牌，主打图文书，先后出版有《美的历史》《丑的历史》《无限的清单》《圆与方》《梦书》《书店传奇》《干净的错误》以及"有生之年非看不可的……"系列图文书。

有了儿子又又和双双后，两口子歇战好几年，今年再出发时，成立双又文化。张维军继续原来"梦想家"的图文书方向；陈小齐开拓子品牌"小齐童书"，出版了大量法国绘本大师杜莱的作品，我称她为"杜莱专业户"。再版了《红书》，再次掀起"天书热"，加之中信另一本天书《S.忒修斯之船》，今年的天书要上天。而我喜欢的摇滚题材，张维军也出过一些，以前"梦想家"

时,出过《摇滚谱系》《摇滚天堂》等,今年双又文化新出了《摇滚编年史》,我喜欢的乐队都在里头。

双又的图文书和童书都以图主打,可谓有图有真相。

推荐完毕,如果有机缘的话,以后抽空再写写其他的独立出版品牌、童书出版品牌以及消失的出版品牌等。

我最喜爱的童书出版品牌

从事书评工作多年,但对童书关注是不够的,一方面不是很懂,另一方面没有实际需求。直到小茶包出生,才真正开始关注童书,到今年他上小学,这六七年也是我童书阅读的启蒙期。

在很多场合被问到怎么选童书,怎么读童书,说实话我没法直接回答。每个孩子都不一样,也就构成了不一样的阅读世界。我只能很清晰地知道自家小茶包喜欢读什么,他的阅读轨迹是如何一步步走来的。我甚至没有为他制定明确的阅读规划,只是陪着他一起读书,为他储备尽可能多、尽可能好的童书,让他自主选择想看的书。让人惊喜的是，这些年的阅读陪伴之下，他成为一个爱阅读的小孩，一只小小的书虫。

今天推荐十二个童书品牌，这些出版机构为我们童书市场提供了大量好童书，也是小茶包阅读书单中最重要的组成部分。非常感谢这些为中国儿童带来阅读营养的童书出版机构和出版人，是他们的努力让中国孩子有机会读到这么多好童书。当然，中国的少儿出版社和童书出版机构很多，这里没法一一介绍，只能一并感谢！

蒲公英

有孩子的家庭里，一定会有蒲公英的书，从低幼到青少年，蒲公英可以说覆盖了孩子们的成长史，可惜我这一代人没这样的机会，不能享受到中国儿童阅读高速发展带来的福利。

从在报纸编书评开始，就认识蒲公英总编辑、创始人颜小鹂老师，眼见她从国有出版社出来创业，从最初两三个人到现在四五十号人。如今，蒲公英已是童书业金字招牌，她们打造的畅销书和长销书一直是业内神话，《神奇校车》《斯凯瑞金色童书》《地图》（人文版）、《野兽国》……这个名单很长很长,多年来,当当儿童畅销版前十位,通常一半以上来自蒲公英。正是这样的骄人业绩,让蒲公英开辟出另一条骄人的产品线——原创童书。

众所周知,我们的原创童书和西方比还有很大的距离,优秀的作品不太多见,而且需要耐心和时间来慢慢培育。在这样的环境下,蒲公英多年来一直布局原创童书出版,先后策划出版了《中国优秀图画书典藏系列》《总有一个吃包子的理由》《桃花鱼婆婆》等,并且重点挖掘和开发了九儿、马鹏浩、小小兰等优秀的中国插画家。其中,九儿很多作品都由蒲公英出版,像《十二只小狗》等荣获国内多项童书大奖,蒲公英还为九儿策划插画展等。

在这些规定动作之外,颜小鹂还有更大的动作,多年来参加国际最知名的博洛尼亚国际童书展,盯上了在童书展上最重要的单元博洛尼亚插画展。经过多年的谈判终于把这个插画展引入到中国,自2016年开始,中国的观众不出国门就能看到世界最高水平的插画展。我应颜小鹂老师邀请曾参与博洛尼亚插画展多年的运作,与国内外众多插画家和童书界人士每年相聚,并且领略来自世界各国顶尖插画家的作品,这些对自己认识插画、了解童书有着非常重要的影响。

蒲公英童书馆之一

蒲公英童书馆之二

蒲公英童书馆颜小鹂老师办公室。
蒲公英是我很喜欢的童书机构，
她们出品的《神奇校车》《斯凯瑞》系列、《地图（人文版）》等
是小库包最爱的几种童书，古看不厌。

——绿菏 二〇一九 盛夏

空未·GZDC的
约束在公众号等书
有些凌乱了
请见谅！
颜小鹂
2019.7.5

颜小鹂办公室

在小茶包的阅读书单里，蒲公英占有很大的比重，《神奇校车》和《斯凯瑞金色童书》里的《忙忙碌碌镇》《咕噜咕噜转》等更是一度占据每日必读的位置，还有《地图》（人文版）、《小熊和最好的爸爸》《爷爷的爷爷的爷爷的爷爷》《憋不住憋不住快要憋不住了》《我的神奇马桶》等等。小茶包最爱读的还有一本，蒲公英书目，因为这里的书大部分他都读过或很熟悉。

蒲蒲兰

蒲蒲兰是由日本最大的儿童出版社之一白杨社于2004年在中国开设的童书出版和传播机构，不仅做童书出版，在北京、上海、广州等城市也开设有实体绘本馆。蒲蒲兰社长是日本人石川郁子女士，她多年来一直在中国推广绘本文化，不仅把日本优秀的绘本引进到中国，同时十多年来坚持培植本土原创绘本，也收获了很多优秀的绘本作家和作品。

我们都知道，日本是绘本大国，出了很多世界知名的绘本大师，还有松居直、柳田邦男这样的绘本理论大师。与我们地理和文化体系都是近邻的日本，其很多绘本对我们孩子有着更深的吸引力。蒲蒲兰早期引进的日本绘本像宫西达也的恐龙系列、小熊宝宝绘本系列等，的确为我们打开了全新的绘本视野。

在中国落地生根后，蒲蒲兰致力于原创绘本挖掘与开发，先后策划出版了著名绘本专家彭懿老师的《妖怪山》《精灵鸟婆婆》《寻找鲁冰花》等。另外，还有很多国内一线的绘本画家和儿童作家都与蒲蒲兰密切合作，如绘本画家周翔的《荷花镇的早市》，于大武的《北京》《北京的春节》，朱成梁、朱自强的《会说话的手》，等等，为国内原创绘本拓展了很大一块空间。

在小茶包的阅读书单中，蒲蒲兰有很多书名列前茅。如低幼时期的"小熊宝宝绘本"、《你看起来好像很好吃》《点点点》《蚂蚁与西瓜》《我的大喊大叫的一天》《隧道》《朋友》，等等。

读小库

老六在石家庄开往北京的火车上，突发奇想做了《读库》，经过十几年后，读库已经成为"跨国出版公司"。从读大库到读小库，读库已经覆盖了一个人从出生到老去不同阶段的阅读。认识老六时，我们还只是一个论坛的网友，一起约饭的局友，可以说是眼见读库从无到有到现在的规模。

读小库的选品有自己独特的品质追求，不唯大师也不唯大奖，但这一本本绘本综合在一起，构成了读小库独有的阅读气质，很多人就是被这样一次次套牢。这样的阅读气质当然也需要寻找气味相投的人，在很多家长看来，读小库的书有点拒人千里之感，这可能正是读小库想追求的：他们在细分自己的读者群，满足不同需求的好奇心。

在小茶包的阅读书单中，读小库的书不算太多，因为他们总是打包销售，按0-3，3-6-6-9，9-12和12以上等五个书箱。其中一本《蒙德里安》是茶包反复阅读的书，不仅因为是立体书，还因为蒙德里安标志性的红黄蓝白四色带来的视觉享受。另外，《小幽灵科尼基》也是他非常喜欢的，这个小黑幽灵的形象太适合小朋友了。

未小读

未小读是相对较年轻的童书品牌，从母品牌"未读"

脱胎出来，保持着一股新锐的气息，凭借自己独到的选书眼光，在童书市场中生生开辟出一条暗道。就像他们主推的第一本绘本《他们都看见了一只猫》一样，有着不一样的视野和哲思。

和创始人韩志认识也十几年了，看着他从自己做出版，到"磨铁"这样的大出版公司任高管，再独立创办未读和未小读。他心中始终保持着对传统出版的热爱，对好内容的敬意，对审美情趣的苛求，以及对出版业未来的想象。

在哲学、艺术启蒙、科普这些领域，未小读在世界范围海淘好绘本好版本，就目前已出版的品类来看，可以说本本精品。未小读目前以引进版为主，原创方面稍有尝试，如《亲亲木朵》等，但还没形成规模。在目前欧美引进绘本广泛受限的阶段，应该更多关注小语种国家的好绘本，比如一些拉美国家。再就是原创绘本在艺术和科普两个领域的开拓，目前国内还处在非常初级的阶段，有很大的开拓空间。

在小茶包的阅读书单中，未小读分量不轻，尤其是艺术启蒙和科普一类。《艺术之眼》《和孩子一起去艺术博物馆》《有颜色的艺术》《看见看不见的地球》《透视地图》《亲爱的儿子》《鲍勃的蓝色忧郁期》等等。尤其是《透视地图》，对他认识世界地理版图有着非常大的帮助。

奇想国

奇想国也是一家相对较新的童书品牌，自2015年创立以来，以强劲的势头在童书市场左右冲杀。在创办奇想国之前，黄晓燕先后参与创办了麦克米伦世纪童书，以及供职于哈珀·柯林斯（中国）、亚马逊中国、凤凰阿歇特等，可以说是一名童书多面手。我有一次在奇想国会议室，看到两边书架上陈列的奇想国这几年出品的图书，以及荣获的各种奖项，可谓是荣誉等身。但面对这些黄晓燕并没有那么兴奋，她更在意这些好产品如何能得到读者的认可，走进更多的家庭。

我曾和黄晓燕老师在不同的童书论坛和沙龙共话过，非常认同她对中国童书业的认识和看法，但在中国现在的童书出版和童书阅读严重不对等的情况下，好童书不一定有好业绩。我拿其中几本我认为非常好的童书问黄老师销售情况，得到的答案远远低于我的想象。所以，看似繁荣的童书业，也许潜伏着很大的不确定性。

在小茶包的阅读书单中,奇想国也出镜率很高。《如果我是一本书》《七个贪吃的小宝贝》《世界上最好的书》《奇异的人体》《乘着一束光》等等都是他的菜。

浪花朵朵

浪花朵朵是后浪旗下的童书品牌,这些年在童书市场强势杀出,成为又一股童书新生力量。后浪这些年的崛起,一方面有《秘密花园》热销的原因,另一方面也跟这么多年深耕出版积累出来的能力相关。我经常会去后浪创始人吴兴元办公室坐坐,他每次都不无兴奋地把他办公室里新出的书一一展示给我,并且当场装箱快递给我。喜欢自己出版的书,愿意与人分享,这是他对后浪的自信。

刚刚揭晓的诺贝尔文学奖,后浪成为赢家之一,诺奖作家有好几本作品出自他们家。这些年,后浪开始布局全出版,所以才有这样的幸运。在后浪的成人读物和浪花朵朵的童书间,后浪还有一个系列的产品特别让我喜欢,就是图像小说。国内图像小说出版,后浪应该是最用力、产品也最丰富的一家。这类产品很难定位读者,自然也还未形成特别大的市场效果,但这个系列对我的吸引力特别大,我相信随着时间推移,这类作品会形成爆发之势。

浪花朵朵可谓是童书市场低调绽放的花,在艺术启蒙、儿童博物以及创意童书方面有特别多的表现。而且,浪花的书在装帧形态和内容格局上有很大的突破,是童书应该有的样子——不同于成人书那样的规范,给孩子更多的想象力。

在小茶包的阅读书单中,浪花朵朵的书每次都给他很多惊喜。《故事盒子》可以让他有自己的故事组合方式,带来全新的体验;《飞机的历史》《火车的历史》让这位飞机和火车迷沉浸在自己的世界中乐此不疲;当然,还有《儿童艺术大书》《动物的朋友圈》《白兔夫人》《不可思议的朋友》《人类的衣服》等等。

爱心树、飓风社

这两个品牌都是新经典文化旗下童书品牌,爱心树比较老牌,名字源于美国童书大师谢尔·希尔弗斯坦,这位大师还有《失落的一角》《阁楼上的光》等大作,大人都喜欢得不得了。爱心树自2003年创办，已出版绘本千余册，其中《窗边的小豆豆》更是创造千万册销量奇迹。飓风社由新经典和日本讲谈社合资成立于2014年，以出版日本绘本为主。

爱心树除了有超级畅销书《窗边的小豆豆》，以及小豆豆的各种版本，还有很多现象级的童书也值得推荐——《可爱的鼠小弟》《小黑鱼》《石头汤》《佐贺的超级阿么》《不可思议的旅程》等等。当然还有品牌同名书《爱心树》。

飓风社则专注日本绘本，按作者梳理引进这些历经考验的经典绘本。目前已出版的绘本大师有：安野光雅、岩崎千弘、五味太郎、齐藤洋、伊势英子、西村敏雄、长谷川义史等。

在小茶包的阅读书单中，爱心树和飓风社都占有一定比例。爱心树中，《窗边的小豆豆》自然是首选，还有《可爱的鼠小弟》《第一次上街买东西》等等都是最爱。最近，吉竹伸介的《好无聊啊好无聊》《脱不下来啦》也是他频繁阅读的书。飓风社的《我上小学了》《你好，安东医生》《蘑菇幼儿园》《小猪波比上滑梯》《牙虫大搬家》《坐着新干线去旅行》等是他最爱。其中，《坐着新干线去旅行》一书让他在日本旅行时，当新干线自眼前一晃而过，他能快速地说出这是什么号、什么型号。

中信童书

中信出版是个大棋局，很多人都搞不清中信旗下共有多少品牌，有些是自有的，有些是合作的，这就更让人摸不着边了。我曾在中信出版社服务过，所以，对中信的品牌格局基本了解；但离开几年了，这些年又发生了很多变化，继续晕菜。

就说中信童书吧。以前有小中信、红披风等几个品牌，同时，其他分社也都可以出童书。现在，中信出版把童书拆分出来成立独立事业部，所有童书相关人员都归入中信童书。旗下更是品牌林立，我已经分不清了，姑且统一称为中信童书。

中信涉猎童书年头不长，但打法不同，增长惊人，每年也频频有爆款出炉。我离开后，有点刻意回避老东家出品的东西，虽然也经常会被邀回去参与评选年度好书。但中信这几年策划的"世界插画大展：国际安徒生插画家作品展"和"安东尼·布朗的幸福博物馆展览"

不错，是与蒲公英策划的博洛尼亚插画展并列国内最值得看的两种插画展。

在小茶包的阅读书单中，中信童书的书稍少，且多是我在中信时存留的一些，有中国艺术启蒙系列，DADA全球艺术启蒙系列，《点亮自然》《花格子大象艾玛》《世界上最大的蛋糕》《了不起的爸爸》《奶奶的红披风》《空冰箱》《时间线》《声律启蒙》《你好，灯塔》《儿童教养》《市场街最后一站》等等，还有《给孩子的哲学绘本》系列，但这个系列他不爱看。

耕林

敖德在创办耕林之前，有过骄人的战绩，策划出版过畅销千万级童书。创办耕林后继续奇迹不断，年年有爆款登场。比如一本原本并不起眼的《呀！屁股》，生生被他做成一本现象级的畅销品。

这几年，墙书这一种独特的绘本形式被他玩出新花样，先后引进了《地球通史》《自然通史》等五种，取得骄人的销售业绩。不满足于这些，他决定把墙书本土化，于是拉我下水，一起合作了一本《中国通史》墙书，目前势头也不错。此外还有《坐着火车去拉萨》《服装通史》等。

此外，专为男士定制的《好多好多的交通工具》《好忙好忙的大工地》等一系列立体翻翻书也很有气势。除了是优秀的童书出版人，他自己也擅长写作，这几年创作了好几本绘本，其中他和儿子合作的《搞定老爸的十个绝招》真是有招。前几天看他晒出自己作品的荷兰语版、德语版，取名为《最好的爸爸》《最好的妈妈》等，我于是送他外号：安东尼-敖德。

在小茶包的阅读书单中，耕林也是阅读大户。当然，老爸的《中国通史》必须排第一哦。此外，《交通工具小百科》《好多好多的交通工具》《呀！屁股》《飞机运行的秘密》《怪物打雷啦！》等都喜获好评。

启发文化

启发也是十多年的老牌童书品牌，隶属台湾麦克出版公司在北京开设的绘本出版公司。台湾麦克出版有专业的绘本出版背景，引进了海量的西方绘本大师作品：安东尼·布朗、大卫·香农、昆汀·布莱克等等；同样，有孩子的家庭里，几乎不可能没有布朗的《我爸爸》《我妈妈》，也不可能没有《大卫，不可以》。

启发帮很多家庭打开了通往西方大师的阅读之路，如今，这些大师已经广为人所知，这些作品的版权费用也日渐高涨。中国的孩子是幸福的，在小小的年纪就能读到西方近百年来的大师经典，这些长盛不衰的经典，滋养了一代又一代孩子。这是启发对中国孩子的重要功德。

在小茶包的阅读书单中，启发的大师作品一数长长一串：《我爸爸》《我妈妈》、大卫系列、《是谁嗯嗯在我的头上》《大问题》《和甘伯伯去游河》《疯狂星期二》……其实，在孩子心中，只有喜欢与不喜欢，没有大师不大师。

魔法象

出版人柳漾从启发离开创办了魔法象，在启发有规划的大师路径启发下，柳漾的魔法象一开始就很有章法，虽然没有一味走大师路线，但选书之精、选题之优让人看到一个好童书品牌的发展路径。如今，柳漾又出走魔法象创办新的童书品牌。

　　魔法象在绘本挖掘之余，同时挖掘故事书和大人也可以读的图画书，出版的日本绘本专家柳田邦男的《感动大人的图画书》的确感动了我。在我陪孩子读图画书的几年时间里，我尤其喜欢读一些偏成人的图画书和理论书，像松居直和柳田邦男的《绘本之力》，以及柳田邦男的一系列书如《图画书的力量》《在荒漠中遇见一本图画书》，还有孙莉莉的《欢迎走进图画书王国》等。

　　在我参与策展的博洛尼亚插画展中，有一年展出克罗地亚插画家薛兰·约纳科维奇的作品。刚好魔法象签约了薛兰作品，薛兰应邀访华时，我们曾请他来插画展现场办活动并且在魔法象出品的《大世界，小世界》上签名。

　　在小茶包的阅读书单中，魔法象的书有很多很多。比如：《真正的男子汉》《下雨天》《和爸爸一起读书》《宝贝，快到我的怀里来》《大世界，小世界》、喵呜系列、《那一天，我失去了超能力》《电梯上行》等等。

那些年的西哲淘书史

在言几又创业大街店做了一场《存在主义咖啡馆》分享会。很意外,这样一本书和主题,居然来了百来号听众,而且中途没人离场。

每次来创业大街,都有种恍如隔世之感,曾经熙熙攘攘热闹非凡的海淀图书城,是我大学时代流连最多的地方,当年这一带有像国林风、二酉堂这样的大书店,还有几十家特色不一的小书店,以及唱片店、文具店、服装店及各种小店。

差不多隔几天就要来逛一遍,清楚地知道哪家书店上了新书,哪家唱片店来了新专辑。对于我这样的穷学生，逛只为了惦记一下，等月初生活费到账，先来这些店搜刮一番。

正是那个时候，不自觉成了一头存在主义"小白"，努力搜罗一切存在主义及相关著作，也不懂装懂地看了一些克尔凯郭尔、胡塞尔、海德格尔、萨特、波伏娃、梅洛-庞蒂、加缪、卡夫卡……一票存在主义大咖们的作品。其实在我上大学那会儿，存在主义已经不是太热了，已经绝版的《存在与时间》《存在与虚无》等也没有再版，只有四处访旧书店和旧书摊，才能找到这两本存在主义经典必读书。

除了存在主义著作，当时有几套西方哲学丛书都很亮眼，每逢撞见，一打眼就想拿下。

商务 | 汉译世界学术名著

商务印书馆的汉译名著可算是西哲的丛书之王，橙、黄、绿、蓝等几个系列在书架上整齐码开，怎么看都舒服；现在多达七八百个品种，我已不能"尽在掌握"了。当年逛书店的时候，记得每个系列已有多少品种，一旦有新货，立马就知道；然后，站着翻读很久。因为这个系列品种太多，而且好买，反而买得比较少，偶尔在旧书店看到打折的才会心收下。但橙色哲学系列里，关于存在主义的胡塞尔的《纯粹现象学通论》、海德格尔的《存在与时间》《林中路》等还是咬牙买了一些。

此外，商务还有一套"商务学术丛书"，品种也很可观，存在主义研究大家考夫曼的《存在主义》就在这个系列里，也是我当时了解存在主义的主要参考书。

三联｜文化：中国与世界丛书

上世纪八十年代，西哲最重要的学术群体就是"文化：中国与世界编委会"，当时中坚代的学者都在这个编委会里。生活·读书·新知三联书店的"当代西方学术文库"和"新知文库"都是这个编委会策划的"文化：中国与世界"丛书里的子系列。

当代西方学术文库收录了大量西哲经典级的作品，存在主义经典海德格尔的《存在与时间》、萨特的《存在与虚无》也是这个版本最为经典。这个文库还收有韦伯的《新教伦理与资本主义精神》、尼采的《悲剧的诞生》、本雅明的《发达资本主义时代的抒情诗人》等等西哲经典。每次看到这个系列封面,就非出手不可。

新知文库是一套小开本哲学书,一些小体量的作品如《西西弗的神话》,还有一些作者小传如《雅斯贝尔斯》等,以这种开本形式出版非常适合。这个系列倒是买了很多,主要因为价格低,旧书摊上经常五毛一块能拿下。

上海译文 | 二十世纪西方哲学译丛

这一系列被我称为"小黑书"——全黑的外封,封面正中是鲜艳的马赛克图案。这套西哲译丛也是我的最爱之一,除了存在主义这些大作,还有卡西尔的《人论》、波普尔的《猜想与反驳》、马尔库塞的《爱欲与文明》、雅斯贝尔斯的《时代的精神状况》等等。当时书店和书摊上,这套书的数量并不多,所以,但凡看见,忍不住总要拿下,甚至有些买了好几本。

上海人民 | 西方学术译丛

这套书的设计也是一眼就相中,白皮中间拦腰一段色块，书名印在色块区域。汤因比的《历史研究》、伏尔泰的《哲学通信》、胡克的《理性、社会神话和民主》、莫里斯的《开放的自我》等等，也是少有见一本收一本的书。

华夏 | 二十世纪文库

最后，再说一下华夏出版社这套二十世纪文库，也有将近百本的量，包含了政治学、社会学、法学、心理学、经济学、哲学等领域，雅斯贝尔斯的《历史的起源与目标》、波普尔的《历史决定论的贫困》、马斯洛的《动机与人格》等等都是这套书里的经典作品。一开始不太喜欢这套书的设计——大红大绿大蓝，加上一个抽象的图形——后来，越看越舒服。

最近在整理书房，翻出一些当年费尽心思淘的书，二十多年来，一眼都没再瞄过；如今从书堆里翻出来，还是有一点点小感动、小回味，捧着书发了半天呆。

十年书路——深圳十大好书评选观察报告

每年十一月，深圳都是爱书人的聚点，整个读书月期间，书成为这个城市的主角，人来人往，都是为了与书有一次美好的聚会。读书月的压轴戏年度十大好书评选，更是我每年最期待的好书之旅。

回想2006年末第一次应邀来深圳，参加"全国首届报纸阅读文化圆桌会议"，当时我在《新京报》已经做了三年多书评编辑，和很多其他报刊的书评编辑在一起交流书评和阅读经验，收获很大。那次大会的议程之一是评选2006年度十大好书，当年的诺贝尔文学奖得主帕慕克的《我的名字叫红》成为年度十大好书榜首。

在圆桌会议现场，确定了全国巡回接力的承办方式。会上，大连《新商报》承接了第二届圆桌会议，这一届我没去，之后，就没有之后了。倒是当年的副产品十大好书评选，在胡洪侠主事的《深圳商报·文化广场》延续下来，并且成为深度读书月的压轴项目之一。几年后，胡洪侠主事《晶报》，评选也没有间断，一评十年。

2016年的评选现场，多了一个项目，评选"十年十书"，这个评选引人怀旧，看到这份长长的九十本书单，就像自己的青春一样历历在目：甚至能想起自己当初给哪些书投了票，又有哪些心仪之书遗憾落选。尤其是，再看这份书单，更多的是遗憾，因为有些书几年后再看，的确不具备十大的分量。

"十年十书"，一年选一本书时，又是各种纠结，结果出来更是让人惊讶——当年榜首的作品被选出来的很少，而不少当年排名靠后甚至垫底的，反而成为大家的新选择。所以说，书是需要时间来检验它的经典性的。

一份有十岁生命的书单，带着温度和人性。看到这份书单特别亲切，好像见到多年不见的老友，有说不完的话。但是很快就说再见了，我们马上进入新一轮评选中，评委们为自己认领的书发挥所长，力图把自己心仪的书表达得更完美,更有说服力。

从去年开始,评委的讲书环节被提出并被给予足够重视,一本书能否当选十大,往往取决于是否得到评委一次精彩的分享和讲述。两天听下来,收获超大,好像一口气读了三十本一样。大多数评委都对自己选的书作了精彩分享,有些本来就有很好讲书功力的评委,如刘苏里、止庵、陈子善、刘小磊等,自然表现突出,有些以前不那么擅长讲书的评委,如李长声、金伟竹、陈定方等也表现突出,陈定方突出推荐的《我的凉山兄弟》更是高票获选十大。

很好地分享和推荐一本书,是阅读推广重要的环节。我一直苦于自己没有这样的分享能力,经常很费力地推荐一本书,别人并不欣赏。

在分享好书方面,儿童阅读推广人比我们做得好多了。我认识很多儿童阅读推广人,也经常听他们给孩子们和家长分享好书,真是太精彩了,听完马上就想买。把故事讲好,是分享的关键环节,儿童读物通常故事性强,讲起来声情并茂,很有代入感,加上孩子们听故事都特别投入,讲书的效果就很明显。

在颁奖现场,还有个出版社讲书环节,很多出版社编辑也特别会讲书,能在一分钟之内把一本书的精华和精彩合理表达,真是很好的分享。虽然在现场,评委心中可能已经有了自己的选择,但听这些很好的阅读分享,应该也会对那些自己不选的书有全新的认识。我在现场就多次被台上的推荐打动。

十年,一群爱书的人,只在那么两天,只为选自己心中的好书,这份纯粹这份认真这份难得的体验,在我是最幸福的感觉。希望这样的幸福持续,更久。关于书以及为书做的任何事,都是高级的。

好书榜是"自我狂欢"?

岁末年初的好书评选是业内多年来的传统。盘点年度热点事件、关键词、书单,总结一年成绩的同时,展望新年发展新趋势。评选结果也代表了主办机构对于年度好书的一种观点和立场,无论是机构还是媒体,都有各自不同的出发点。

当前所谓的书单"泛滥"现象,应当是相对于行业从业者而言。对于大众读者而言,书单太多并不会给他们带来困扰。而且显而易见的是,出于各种原因,当下好书榜数量不少,影响力却不可同日而语,更多时候只是圈内人的"自我狂欢"。

好书评选实则是"去粗取精"

从 2008 年至今，我每年都会将这些年度榜单集合在一起发布。十年时间，好书榜中有诸如深圳读书月十大好书、新京报年度好书等做成品牌的评选，也有一些风头过后默默退出"舞台"的评选活动。而在每年的众多好书榜中，重合的好书并不多，各类好书榜总共评选出几百种图书，也就意味着每年几十万种出版物中，能够脱颖而出的图书凤毛麟角。

在参与过众多好书评选之后，我渐渐发现，其实评委所执行的评选职能，更大程度上是以自己的专业眼光"去粗取精"，保证"不好的书"能够被剔除。因为真正的好书没有唯一的标准，所谓"一千个人眼中有一千个哈姆雷特"。从中脱颖而出的"好书"也并不是尽善尽美，而在于它某一处价值具有不可或缺的开创性意义，或填补了某方面的空白。

总体来说，大家通过各类好书榜，将好书信息最大化地传播和推广。而看似书单"泛滥"的当下，其实只是传播通道更加开阔，能够在第一时间获取信息。而这些好书榜，多多少少都能对来年的图书销售起到推动作用。

我们看到越来越多出版机构推出的本社年度书单，也不再只是"自说自话"，而会邀请权威、专业的书评人选出年度好书，这是好事。对于评选机构来说，首先树立自己的评选理念，不同机构所评选出的好书，或从某个专业领域切入，或带有自己的评审视角。其次，所邀请的评委成员也一定程度上代表了评选机构的立场，比如大众类图书评选多邀请具有大量阅读积累，并多次参与好书评选的具有专业眼光的评委，专业类图书评选则会邀请如财经、科普、少儿等相关领域的专家。

"童书榜"终极目的是刺激家长消费

相对而言，童书评选和其他大众类图书的评选差别较大，这是由童书本身的性质决定的。对于阅读喜好，成年人有自己独立的评判标准，但孩子读什么大部分是由家长决定的。可以说，父母们所信赖的国内的知名阅读推广人、母婴类自媒体大V，他们所推崇的童书基本上就代表了童书的市场走向，一旦他们公开推荐，家长就会"不分青红皂白"地购买。

毫不夸张地说，在孩子阅读方面，国内大部分家长只做了一件事情，就是"掏钱买书"。因此，在我看来，诸多与童书推荐相关的榜单都带有一定商业性质，通过各种极具形式感的推荐可以直接促使家长消费。

坦白说，这些童书榜单所选出的好书也并不差，主要的问题在于孩子阅读和成人阅读的本质区别。而这些童书榜单就好比建了一个大池子，里面有各种各样的童书，家长总能找到几本自己孩子要看的书。但做了父母就会有切身体会，每个孩子的阅读口味都不同，即便是凯迪克奖、纽伯瑞奖获奖作品，孩子不一定爱看，而孩子热衷的一些作品在家长看来可能是"垃圾"。

无论是大众类、专业类还是童书类榜单，应当保持为读者精选好书的初衷不变。其实，国外每年的好书榜也是多如牛毛，但其中总有一些类似于《纽约时报》这类的权威评选，已经走过几十、上百年历史。我们国内的好书榜要想做出公信力，必须经过长时间的沉淀，坚持自己的立场和信念。能够坚持将一个榜单做十年、几十年甚至更久，其价值自然不言而喻。

沪深评书记：好书从来不寂寞

每年十一月，就进入年底评书季。月初，商务印书馆好书评选；月中，首都图书馆"阅读之城"好书评选；月底，先后去上海和深圳参加华东师范大学出版社和深圳读书月十大好书评选。

华师大社在中山北路老校区里，毗邻美丽的丽娃河。到校园时天已黑，走在丽娃河畔，望见对岸很多人坐在河边聊天，灯光错影中，似乎有很多书架，还有阅读的人。问出版社朋友，那是什么地方？她说是华师大社开办的24小时阅读空间。校园里有这样的阅读灯光真好，等工作结束要去坐坐。

第二天到评选现场，见到一些老朋友，刘苏里、刘擎、刘忆斯、姚峥华、刘玉海、朱桂英、王洪波、黄晓峰等，也结识一些新朋友，袁筱一、孟钟捷、马凌、顾学文等。书店主、大学教授、媒体书评主编以及文化投资人等，每次好书评选都是新老朋友的阅读社交，大家围坐一起就书论书，享受评书带来的无穷乐趣。

更开心的是，见到很多"书朋友"。有些书之前出版社朋友给我寄过，读过，如《国王的两个身体》《缮写室》《一日长于百年》等，一见就格外亲切。还有更多的书没见过，来到现场，特别惊讶于一家大学出版社，一年之内竟有如此数量的出版物，参与本次评选的有百本之多。

华师大社旗下有几个非常独特的出版品牌，一为倪卫国主理的"六点"，主攻思想文化方向，如"轻与重文丛""古典学丛编"等都是非常成规模的思想文化丛书。六点也同时涉及历史、诗歌、艺术等相关领域。本届评选中，六点策划的《国王的两个身体》《风暴中的哲学家》《记忆，历史，遗忘》《字里行间的哲学》《人如何书写历史》《阅读：存在的风格》等我都投了票。

另一品牌为"薄荷实验"，由顾晓清主理。主攻人类学和社会学方向。已经出版有《美丽的标价》《清算：华尔街的日常生活》《捡垃圾的人类学家》《给无价的孩子定价》《学以为己》《香港重庆大厦》等诸多品种，具备很高的学术价值和传播属性。顾晓清同时主理了一个文学品牌"谜文库"，今年也有不俗表现，包慧怡的《缮写室》、张定浩的《取瑟而歌》等也广受好评，其中，《缮写室》获选深圳读书月2018年度十大好书。

午餐后，到华师大社开办的24小时阅读空间看看。空间内舒朗有序，品味高雅。毗邻美丽的丽娃河，很多爱书人坐在河边享用午餐，正像头天晚上在河对岸看到的一样，这里具备了阅读空间的独特魅力，有书、咖啡、餐食，而且，临着一条美丽的河。

逛完24小时阅读空间，刘忆斯带我从华师大正门出来。左手有个二层小楼，是华师大社刚刚创立的大夏书店；看起来很日系，很低调，空间布局也讲究。一楼为咖啡空间，四周顶天立地满满书架。一楼到二楼的楼梯两旁，是高高的书廊，陈列着华师大社的套系书。二楼四周有很好的视野，书架的陈列也讲究，还有一个露天阳台，天气好时，可以办室外读书活动。这样的书店有无限的想象空间，期待大夏书店未来成为上海又一处文化地标。

当天下午，经过评委们认真的评议和选择，最终决出2018年度华东师范大学出版社20本人文社科好书，和评议时出入不大，可以说是一份有分量、有厚度、有趣味的好书榜单。《国王的两个身体》《记忆，历史，遗忘》《缮写室》《捡垃圾的人类学家》等20本作品获选年度好书。

次日，和刘忆斯同飞深圳。落地深圳后，先插空去一趟东莞，东莞文化周末主理人曾理办了一个系列讲坛——"家长HUI"，邀请不同领域跨界的朋友来分享亲子话题，我和豆瓣时间主理人姚文坛作为"家长HUI"的开坛嘉宾率先登场。文坛分享她和女儿文文的成长故事，主题为：女儿是我的小闺蜜。半个小时的分享一气呵成，爱意满满，感动走心。我则作了一场题为"如何成为终身阅读者"的分享，稀里糊涂讲完，东拉西扯，牛头不对马嘴。讲座完，当晚赶到深圳，参加第二天的深圳读书月年度十大好书评选。

深圳读书月年度十大好书是最具全国影响力的好书榜，自2006年开始，迄今已十二个年头；我除了有一年在出版社任职没来参加，连续十一年都参与了这个榜单的评选。

每年最期待这两三天在一起聊书、评书的时刻，大部分评委都是老熟人，每次也都会有几位新评委的加入。一场持续十多年的活动，一年一见，评委们都成老友了。评委队伍主要来自北上广深，陈子善、江晓原、李杨、袁晞、李长声、周立民、刘小磊、丁杨、文坛等，今年新加入了孟繁华、魏小河等几位新评委。当然，深圳本土的评委队伍也实力惊人，有南翔、于爱成、王绍培、刘忆斯、姚峥华、刘悠扬等。

评选实际上从九月份就拉开了序幕，深圳本土的评委团队和深圳书城承办团队先进入工作状态，海量网罗这一年的书单，最后整理完成一份一千多本的毛坯书单。然后发给评委，评委们做第一轮初评，选出一百本基础书单公布于众。接着又进行第二轮复选，从一百本基础书单选出三十本候选书单，其间出现多本平票，又进行平票复选，最后产生三十本候选书单。

接着，主办方邀请每位评委认领主讲书，群里抢成一片，真正的"手慢无"，评委们都想选自己中意的好书来点评。我快速选择了陈平原的《左图右史与西学东渐》和《心画：中国文人画五百年》，没成想，周立民下手更快，先我一步抢走了《左图右史与西学东渐》，我最后只抢到后者。当然，也出现有些评委来不及看群消息，最后剩下几本"被选书"，比如李长声老师，他被选了奥登的《染匠之手》。

选定主评书后，组委会安排给评委们寄书。每位评委主讲一到两本，通常情况下，评委对自己主讲的书能否进入十大有决定性的影响。如果再加上其他评委的附议，基本上就八九不离十了。如《左图右史与西学东渐》《扫地出门》《缮写室》等都在主评人大力推荐和其他评委附议下毫无悬念地获选十大。

当然，落地终评最重要的效果是现场的碰撞、讨论、交锋甚至吵架，一本书的多个面向才能越发清晰，也让我们在这样的时候理解其他人的阅读体会，对自己的阅读也是一种校验。尤其是一些书，评委们在立场有分歧时展开的辩论和拉票，一轮又一轮高潮，也令我乐在其中，回味无穷。

比如，围绕《郑天挺西南联大日记》展开的讨论。主评人刘小磊认为，这是一本非常有价值的日记：郑天挺是个非常厚道的人，作为西南联大教务长，因为有他的存在才有当时西南联大的繁荣。并且提示，书中有很多八卦，是一本既有史料价值又生动有趣的书。也有评委有不同看法，认为这样一套厚厚的日记，固然有一定史料价值，但作为面向普通民众的好书榜，这样的书未必适合大众阅读，并且指出，日记都是主人的一面之词，其可信度有多少也值得商榷。这样的针锋相对，让一本书有了两方面的可能性，最终，《郑天挺西南联大日记》也顺利进入十大。

还有如希尼的《开垦地》和米沃什的《米沃什诗集》也引发了激烈的讨论。有评委认为希尼更重要，他是诗人中的诗人，这套自选集涵盖了希尼三十多年的精品，加之译者黄灿然多年不懈的翻译，是一部不可多得的大师之作。也有评委认为米沃什更重要，他的思想性和开拓性是其他所有诗人不可比拟的，本次由波兰语翻译专家从波兰语直译过来，呈现米沃什诗歌真实的风貌和特点，具有更高的价值。最终，《米沃什诗集》在最后的评委投票中获选十大。

当然，任何一场评选总不可能十全十美，好书评选是一次次遗憾的过程。今年的深圳十大好书无疑是一份有深圳水准的好书榜，代表了一贯的好书主张。如果说还有那么一点点遗憾的话，就是张新颖教授的《沈从文的前半生》一票之差再次错过深圳。2014年，张新颖的《沈从文的后半生》也是一票之差没能入选深圳十大。前后半生，构成了沈从文一生的完璧之作，两次和深圳的错过，不得不说是十分的遗憾。当然，好书自然不乏受到认可，就像《沈从文的后半生》后来斩获那一年众多好书榜一样，今年的《沈从文的前半生》想必也会在之后的诸多好书榜中屡屡获选。好书从来不寂寞。

深圳读书月的年度十大好书是每年的好书榜头炮，接下来，腾讯华文好书榜、新京报年度好书、新浪好书榜、凤凰网高见之书……越来越多好书榜将纷纷出炉，有重合、有意外、有遗憾，也会有惊喜。让我们期待更多好书进入更多的榜，引领读者去发现和阅读更多好书。我们这个时代不乏好书，也不乏热爱阅读的人。谢谢辛劳了一年的出版机构同仁，是他们的坚持才有那么多好书可读，也是他们的坚守让互联网时代仍有好内容的沉淀。所有为阅读而做出努力的行为都是这个时代值得致敬的。

书单狗的年度例假

前几天,在"大家"读到宋石男兄的文章《年度书单中的恐怖主义》,这不正说我这头书单狗吗?我转发朋友圈时这么留言:"宋老评价中肯,我这头书单狗基本可以算恐怖分子了。"每到年底,我在社交网络上就是一头书单狗,所到之处,书单乱飞,像石男兄这样对书单狗忍无可忍的大有人在。我只能请求把我关小黑屋俩月,容我把这一年度书单刷完。

随后,"大家"又发了戴新伟兄的《如果一份书单能引起恐怖主义般的震撼,绝对是好事》回应宋老大作,看完大赞戴爷,不仅敬佩他一年111本的阅读海量,而且书单中有我的小书《在书中小站片刻》。更赞他文中植入"绿茶书情"公众号，一日内公众号涌入好几百书单爱好者。我必须郑重回植戴爷公众号"副作用"，这里有戴爷的好文字和好字。

从 2009 年开始，我开始了年度书单汇编之旅，把所有能看到的国内外好书榜汇编在一起，这么多年下来，已经成为习惯。所以，每次看到书单，手就会贱兮兮点去，然后分享或是收藏。多年的书单狗生涯让我对书单有着天然的辨别力，一看就知道哪些书单靠谱，哪些书单扯淡。像石男兄文中提及的那些如"比尔盖茨 2015 年吐血推荐的十本书""3 万网友票选出的 2015 年十大好书"之类的，我是肯定不会分享和收录的。

2010 年末，我开始在微博发起"年度私人书单"邀请，短短几日征集来好几百上千条私人书单。看着这五花八门的书单，既欣喜也发愁：喜的是这些书单与各媒体或机构评选的书单，有更多的变化和参考价值，而不是千篇一律说好的那种所谓好书；愁的是，我需要花大量的精力把这些书单整理出来，做一个年度私人书单总目。微博时代，我每年都发起一次私人书单征集，渐渐也成习惯。此外，我还发起过六一书单、念想书单、春节书单等不同类型的主题书单,是一头彻彻底底的书单狗。

公众号时代,书单之潮更是泛滥,再小的公众号都有自己的书单,书单党和鸡汤党、养生党一样成为大党。我顿时伤着了,再也不敢发起书单征集。眼看着书单、书单来了、帮你读书等以书单主打的号做成大号,只能感叹书单需求之大,就像你每天被父母长辈刷屏养生帖一样。

由于参与多家年度好书榜评选,作为评委一定要不遗余力地分享评选机构的各类书单:初选书单、前50书单、前30书单以及最后的十大好书。由于出版和媒体界的好友太多,我的朋友圈动不动就被各种评选出来的书单刷屏。由于群太多,我的所有群动不动就被某个人的某个书单刷屏。可以想象,我的微信是有多无聊啊。

我们每个人肯定都曾被各种投票邀请搞得很无语,有些投票机构还必须关注公众号才能投票,以至于订阅号里可能有一堆莫名其妙的公众号。其中还包括各种好书榜投票:现在多数好书榜评选机构,都会在微信端开通投票,多数出版机构的员工除了自己投票还会发动亲朋好友,为自己出版社的书投票。我参与的好几个好书榜评选都有网络投票环节。当主办方公布公众号投票数时，我们都很清楚，基本上都是亲友团票，那些不被终审评委看上的书往往票数都很高。

有一些报纸和公众号也做了类似的私人书单征集，我征集来的书单中，有些也是作者为别家准备的。把自己一年来的阅读，以这种方式回顾一下并且分享，也许不算坏事，起码比那些刻意为了迎合某类人群而生生码在一起的书单有价值。我的朋友西闪、西门媚夫妇，十年来每年给自己写一份读书总结，在西门媚的著作《纸锋》中，我最喜欢的就是这个篇章。一个人的阅读史，就是一个人最真实的人生。

我朋友中，厉害的读家还有很多，戴新伟兄就是其一，一年111本，服了吧。万圣书园刘苏里老师，他给深圳读书月一口气提供了170多种书单，多数都是他今年读过觉得好的。许知远，每次见他包里都几大厚本中英文书籍，开了单读电台，每周两期读两本书，一年下来也一百多本。还有止庵、史航等兄，他们一年参与的读书活动都不下一百场，阅读量肯定都超百。还有更厉害的，经济学家梁小民老师，他在《上海书评》每个月分享他读的二十多本书单。跟他们比，我这头书单狗只能汪汪两声。

知乎上有位网友说:"书单,也是另一种形式的心灵鸡汤。总有一天,你会发现看了那么多的书单,可依然没读多少书,别人给你的只是别人的,你自己的才是你自己的。"我非常同意他的看法,石男兄文中也表达了这种观点,书单一定要自己开给自己。但是,在鸡汤无所不在的朋友圈,那些浓浓的鸡汤书单随处可见如:"成功路上必须带上的十本书""读过这些书,才是合格的文艺青年""职场新人不得不看的十本书"等等。这些貌似精心为你准备的鸡汤书单,会给你的阅读带来很多困惑,我们是读了它还是喝了它?

到底什么样的书单才是好书单,每个人都有自己的理解,即便是鸡汤书单,对它的精准读者来说,也是一份有营养的收获。知乎上对这个提问有很多回答,比较同意其中一位网友的结论:1.没有推荐理由的书单都是耍流氓;2.没有层次感的书单都是误人子弟;3.坏的书单都是相似的,好的书单各有各的好,选择书单关键是找对人;4.鉴别一个好书单最简单的是看他不推荐什么书。

对书评写作的思考和敬意

20世纪40年代，在哈佛大学文史哲中国留学生中，研习西方哲学的任华、魏晋南北朝史的周一良、世界史的吴于廑、中国史的杨联陞被称为"哈佛四杰"。任华学成回国后任教于清华大学哲学系，周一良任教于北京大学历史系，吴于廑任教于武汉大学历史系，唯有杨联陞留在哈佛大学远东语文系（后改称"东亚语言文化系"）任教、研究五十余年。

《汉学书评》是杨联陞先生的作品。严格来说，这不是学术专著，而是他几十年中英文书评合集，其中中文书评18篇，英文书评47篇。中文书评主要刊发在台湾

《食货》杂志和《"清华"学报》等刊物，英文书评主要刊登在《哈佛亚洲学报》，该刊几乎每期都有杨先生书评。中文书评在杨先生《国史探微》等著作中有所收录，而四十多篇英文书评首次被翻译为中文版本。

杨联陞研究以中国经济史为中心，尤其1952年完成的《中国货币与信贷简史》最为重要，另有代表性研究著作《中国制度史研究》《汉学散策》《国学探微》等。杨先生兴趣广泛，这一点从他常年写学术书评可以看出，书中所收六十多篇书评，涉及经济史、语言、官制、考古、地理、边疆史、文学史、科技史、思想史、书画史、佛教史、敦煌学等等。在他研究之余，写书评是重要的落脚点，把写书评当学问来做，对于所评之书，他不是泛泛而谈，而是总能提出自己的观点，尤其是批评性观点，加以讨论、佐证，并如数家珍地概述该领域的历史和现状。这不是一般的书评作者能做到的，余英时先生在杨联陞去世后写的纪念文章中说："杨先生的博雅，在他的书评中显露无遗。"

杨联陞多年形成的写学术书评的习惯，用现在的说法叫书评思维。有时候，他在和其他学者的通信往来中，都会讨论一些书；碰到一些自己研究范围之外的书，他会请教相关领域的专家，必要时，和对方一起合作完成书评。读书、研究和评论，成为杨先生学术生涯的常态。

当然，这批从20世纪30年代开始以来的学术书评，现在看来有些陈旧或者说过时了，有些所评之书也不见得是学术精品。但仍有不少著作如今还在不断再版，如李约瑟的名著《中国科学技术史》，第一卷出版时，杨先生就写了书评，指出书中多处错误；李约瑟本人看到了，再版时马上做了修订。而中国的多家出版社在出版该著作时，还在使用原来版本，甚至90年代后的版本这些错误还在，杨先生的书评实际上1955年就发表了。

我之所以比较推荐这本书，并非说这些书评如今看来多么了不起，而是想说书评作为一种写作形式或研究方法，几十年前就被学界足够重视。而我们如今，虽然有大量媒体和刊物在做书评，但我们对书评真的重视吗？书评能作为一种写作形式独立存在吗？

更多的，书评只是图书营销的一种形式，媒体只是用书评的形式对书进行合理宣传。所有人都可以写书评，甚至可以写任何书的书评，这种乱象实际上都是我们媒体造成的。有人说杨先生这些书评过时了，没错，但从另一个角度来说，恰恰是这种所谓过时才是值得我们借鉴的。这样的治学态度和书评思维，在我看来放在什么时候都不过时。

大家都在玩互联网、创业，都在求新求变，但唯独读书、写书评这件事，我觉得应该求旧求不变。国内学术圈的学者们，其实都在研究之余写作大量书评，也比较少在媒体上发表，因为媒体只需要千字文，只有《上海书评》可以发很长的书评，《中华读书报》偶尔也发一些。而大量学术刊物上发的书评，我们又很少有机会看到。其实，在中国学术界，学术书评写作的传统一直存在，像荣新江、杨奎松、罗志田、桑兵、江晓原等教授，都写作了大量的学术书评。

书评是一种被动式书写，我们很少因为看了一本书，由衷觉得必须写一篇书评表达自己对这本书的喜爱；更多时候，是因为媒体的约稿或其他任务而写书评，这样的文本通常叫命题作文，没有人对命题作文太重视的，能交差就够了。它不比小说、随笔、诗歌或其他形式的写作，更多是主动式书写，是创作或者创造。

所以，我说杨先生这本书重要，就重要在引发我们对书评写作的思考，对一种文体或写作形式的敬意。

关于选书,没有标准答案

著名历史学家陈垣说:"人的学问最终是一个书目。"这句话仔细琢磨起来很有深意,对于从事研究的人,学术的门径非常重要,书目,就是迈入学术大门的一把钥匙。

藏书家韦力那间著名的"芷兰斋",有一整面墙的书目,包括书目、提要、索引、文献学、书志学、书话等等,凡谈及书的书,韦力穷尽了。这是他成为国内最大私人藏书家的学问基础,选书、找书、索书、拍书、写书……完美的藏书人生至此不能再完美了。

我被人称为"书单狂魔",从2008年开始,收集整理年度好书榜,十多年来,通过阅读书单,渐渐有了一幅近十年中国出版画像。而作为曾经的书评编辑,常年的从业经历养成了"书单生成"习惯,日常性处理新书信息,形成自己的兴趣或推选书单,构建一套私人的年度好书单。

十多年书评编辑生涯,经常被问到同样一个问题:"你们的选书标准是什么?"这个问题从创办"书评周刊"开始,我们也反复问自己:我们到底要办一份什么样的书评?办给谁看?选书标准是什么?

其实,并没有标准答案。

我从事纸媒书评编辑那些年,算是纸媒最后的黄金时期。几年后,微博、微信、音频、视频、知识付费等新媒体扑面而来,从纸媒到"纸没",也就一转眼的工夫。现今,打开手机,各种书单满天飞,有些混着鸡汤,有些沾着狗血。有时候,面对公众号后台发呆,我们制造那么多书单到底是为了什么?

书评编辑每天的日常是,追踪各类出版信息,进行高密度过滤后,找到自己心目中理想的好书。在那个纸媒最后的时代,书评媒体还有一定的号召力:出版机构和作者还是非常在意纸媒的推广;市场营销人员也会第一时间把新书信息和样书发给纸媒编辑记者；有作者出场的新书活动，也会通知书媒记者现场报道。

可以说，每周能拿到选题会上的书单大致都有几十本之多，编辑部在充分沟通、审核后做出选题安排，然后由各版块编辑分头约稿或安排记者采写。书评的节奏就像报纸一样，总是求新，伴随着出版的节奏，以最快的速度，遴选近期新书、好书。

这是媒体书评的优势，也是劣势。我们很少有机会好好消化好书，也没机会深入浅出地把书读明白，更多时候是完成任务，让书像广告一下露个脸。每期数下来，露脸的新书有三五十种，一个月近二百种，一年下来一千多种。

每家媒体都有自己的立场和理念，在选书环节上也各有不同。就我们当时的实操而言，文学、艺术、社科、历史、童书等是重点方向，每个季度和年度的好书榜，也基本上分这几类。经管、励志、健康、养生等基本不在选择范围。

主要书评媒体的选书观察

国内的书评媒体，就个人观察，大致选书方向如下：

《新京报书评周刊》：每期封面专题大概 2—3 个版，

有时会4—5个版，通常以人文社科好书为主题方向，作者访谈＋深度书评＋众家评论＋书摘等多种形式穿插，丰富多元地展示一本好书的价值和魅力。固定版面有文学、社科、历史、艺术等，每期发表十多篇书评，另有书情版面，精选最新出版的新书十几种。此外，两个版的排行榜，精准分析一周来的销售情况，是另一种形式的风向标。

《南方都市报阅读周刊》：封面一般是一篇深度书评，选书方向偏学术和文学。固定版面也偏向文学、社科、历史、艺术等。《南都》和《新京报》一度是兄弟报，两家书评周刊在品味上也相对一致，形成南北之势。

《上海书评》：上海《东方早报》旗下独立书评副刊。封面以学者深度访谈为主，通常是2—3个版。《上海书评》不跟着出版节奏，也很少刊发新书书评，更偏向学术书评一路，有自己任性的节奏和价值观，在学界有良好口碑。《东方早报》停刊后，纸质的《上海书评》也随之结束，现在并入澎湃新闻，以电子周刊形式存留。

《深港书评》：深圳几家媒体《晶报》《深圳晚报》《深圳特区报》都有自己的书评周刊，其中以《晶报》旗下的《深港书评》最成气候。封面也是作者深度访谈为主。和其他书评不同的是,《深港书评》同时关注港台出版物,每期都会介绍一些港台最新的好书及书评。去年,《晶报》也战略性调整,纸质《深港书评》退出,转型为新媒体。

《经济观察报·书评》:年头较长的书评刊物之一,早年是独立的增刊,如今并入主报。以思想和财经为主要选书方向,有很高品质。尤其是他们的年度好书榜,立场鲜明,追求品质,所选图书代表了当年的思想风向。

《青阅读》:《北京青年报》旗下书评周刊,后杀入书评阵容的生力军,《北青报》有一群优秀的编辑,像陈徒手、晓春、尚晓岚等,所以,《青阅读》也以很好的选书品质和独特个性为人称道,尤其对书籍装帧的关注更是让人眼前一亮。遗憾的是,去年,《青阅读》也宣告停刊。更让人遗憾的是,《青阅读》编辑尚晓岚因病过世,让人难过万分。

《中华读书报》:《光明日报》旗下老牌书评报纸,曾一度被誉为"知识分子的精神家园",如今依然保持着低调的性格。选书没有特别突出的地方,安全可能是首要考虑的问题;更多时候是一种惯性在延续着风格。

《文汇读书周报》:《文汇报》旗下老牌书评报纸,曾经是独立的刊物，现今也并入了主报。也是靠着一种传统在延续着他们的风格，但影响力可能已经谈不上了。倒是《文汇报》旗下另一份周刊《文汇学人》，因其思想性广受学界好评。

另外，还有如《中国出版传媒商报》《出版商务周报》《出版人》等行业书评媒体，也是书评领域的重要成员，他们对出版领域的行业分析或技术层面有更多关注，而选书方面似乎并不是他们在意的方向。

此外，全国大部分媒体都有自己的阅读或书评版面，没法一一翻阅。但就选书而言，真的没有标准答案，更多是考验编辑的眼光，以及媒体的立场。至于选书给谁看，那就各说各话了。

年度好书榜选书观察

关于选书，每年年终的好书榜大战更能看出选书的不同。这些年，各类好书评选可谓如火如荼，其中，深圳读书月十大好书、新京报年度好书榜、新浪好书榜、腾讯华文好书榜等等，都具有很强的影响力并且引导着一些阅读风向。我本人也参与这些好书榜评选，有一些小小的观察。先来介绍几个主要的好书榜。

新京报年度好书榜：我是创办者之一，最初叫华语图书传媒大奖，后来改为新京报年度好书评选，但评选的机制一直没变，包括分类。每个类别选出一本年度好书。如果从2004年首届算起，已经有十五年了。可算是国内最重要而权威的好书榜之一。

深圳读书月十大好书：从2006年创办算起，也是十几年了，我也是从第一届开始参与评委工作。作为每年最早评出的好书榜，具有很强的风向标价值。在十几年品质的追求下，已经是国内最重要的好书榜之一。最近几年，深圳十大好书范围有所限定，但选书标准不变，选出的好书依然有风向标意义。

新浪好书榜：也有十几年历史了。分文学、社科历史、艺术生活新知等榜，还有总榜。这个榜以网络评选为主，入围书单由评委选出，有一定的专业性。

华文好书榜：由腾讯发起，专注原创图书。选书由评委题目汇总，每月有三四十种提名图书，最后由评委投票选出月度十大好书，到年终再综合选出年度十大好书和分类榜。是一份认真而执着的好书榜。

好书榜是各家书评媒体的一次年终回顾，基本上有书评版的媒体都有相关好书榜，不过有些是邀请评委评选，有些是自己评选，有些落地发布，造势，有些默默发布。书评媒体是好书榜评选的主力军。

现今，出版机构自己也参与到好书榜评选中来。最早发起出版社自评的是社科文献出版社，至今已评了十二年，邀请社外的专家评委，对该社每年的图书做一次审阅，最终选出年度十大好书。之后，商务印书馆、中华书局、三联书店、人民、东方、人民文学等等都参与到好书榜大潮中来，既是一次自我检阅，也是向公众媒体发布好书的机会。

另一种好书榜类型是童书榜，既有童书推广机构和媒体参与的童书榜，也有童书出版机构的自评榜。我也参与过好几家童书榜的评选，童书评选更类型化一点，每年的入选书目比较清晰，评选们对好童书的评价也相对比较有共识。如中国童书榜、桂冠童书榜、信谊童书榜等都是童书榜中影响力比较大的。

港台地区方面有两个最有影响力的好书榜：香港的亚洲周刊年度十大好书，台湾的开卷好书奖。亚洲周刊的十大好书，每年都入选很多大陆的书，所以，备受关注。开卷好书奖已经创办了二十多年，是台湾好书风向标。开卷好书奖已经停办，原团队成员出来新做了一个好书榜，但目前还没形成影响力。

国内的几个重要好书榜，我都有参与。从初选书单开始，就参与选书和评审，知道一份书单如何形成、评选、生成以及发布，个中细节没法一一描述。只能说，每家都有一定的价值追求，立场态度，但也会适度妥协。评委们在评选过程中，也是互相影响和较劲，最终，大家一致的共识就是把差书去掉，保证最终登场的十本或二十本是好书。

说到好书标准，每年都在吵，也没有一个标准答案。

日本有一个职业叫选书师，他们凭借自己专业的选书能力，帮企业、机构或图书馆策划、选书，构成良好的阅读环境。这是让人羡慕的工作，也是让人充满敬意的工作。希望我们也对好书多一份敬意，对选书师有一份尊敬。不用再去争吵什么是好书，什么是标准。

好好读书，是唯一的标准。

三岁男孩和他的聪明出版社

吾儿小茶包出生，是我人生最独特的体验，看着他一点点长大，从翻身到爬行到站立到走路到说话到活蹦乱跳到话痨到天下大乱……很难用辛苦或者幸福来形容。其实是人生分水岭，有他前是自我的人生，有他后是他我的人生。这三年，我的生活总结基本是：喂他吃、哄他睡、逗他玩、陪他读。

最有趣的是陪他读。

我家有不少书，每个房间都有书架，小茶包刚刚站立时，就把书架里他能够着的书统统扒拉下来，然后我们再一一码上去，他又统统扒拉下来。书应该算是他好玩的玩具之一。后来有段时间，我们把他每天扒拉的客厅那排书架上的书换了一批，很长时间以后他不扒拉了，我们又默默换回来。

快两岁时，他已经能说不少话了，拿到所有书都指着出版社的位置说"聪明出版社"。

我们就问：这是谁的出版社呀？

他傲娇地说：我的呀！

就这样，我家的书全部由聪明出版社出品。

我呢？那颗办公众号的心又开始萌动。

于是，找朋友胡颖兄设计了 logo，跟他讲了我的意思后，胡颖兄二话没说，几天后看到这个 logo。

胡颖兄是双胞胎男孩的奶爸，平日里带孩子很辛苦，还专门抽空帮我设计了这么高级的 logo，我太喜欢了。

他在北平会公众号对这个设计做了这样的阐释：

> 一般不太熟的朋友叫我胡老师，熟的叫老胡，家人叫我胡老师。
>
> 其实叫老师，就像街边喊人美女一样，这么理解表示我还聪明。
>
> 聪明本是个好词，耳聪目明人机灵，自打后来造出

聰
The
Smart Press
聰明出版社

聪明
The
Smart Press
聪明出版社

聪明出版社 logo

了个小聪明，好像聪明都小了，归在了机关算尽那一类里，大聪明，后来被唤作智慧。照此推论，忽悠别人的叫聪明，忽悠自己的叫智慧，忽悠别人和自己的叫信仰。

这年头人都聪明，谁也不比谁傻出二里地去，没吃过猪肉，还没见过猪晨练啊，而有些个聪明，不是不能，是不屑。不说，不等于不清楚。所以真聪明，是真实。

可真实实在要求太高了，需要超凡的能力和勇气，敢活得真实的人，都是强者。

聪明人做糊涂事，是为浪漫；聪明人做无稽事，是为情怀。如此，聪明才有美感。

明字有三种写法，另二是"朙""眀"，这个设计用朙，义耳不两听为聪，目不两视为明，出处是《韩非子》"独视者谓明，独听者谓聪"。

有一次在研究院讨论海报主题，李院长蹦出一句话：人在选择的时候，都是脑子不清楚的时候。

小时候我常听人说"胡颖就是聪明"，这些年我常听人说"老胡就是不聪明"。我觉得都是在说我好。

胡颖

2015/5/7 晨 2:24

拿到这个 logo 后,我就兴冲冲地要开公众号。但是每次我说要开号,朋友们都会"呵呵"我;茶妈也觉得不靠谱,这个号也可能虎头蛇尾,开着开着就闭了。我其实一直在等茶妈能被我说服,参与进来和我一起写,这样或许有开下去的可能。也许她是被我的诚意说服了,终于同意我把这个号开起来,但至于她会不会参与写,还没个准。

小茶包三岁生日,借着他的生日我开个号作为礼物送他,不知道他会不会喜欢。也许,等他长大了收到老爸这样的礼物会说,老爸太 low 了,这年头谁还开号啊!

我们社长大人是个爱阅读的小孩,每天阅读量比我大。我现在的阅读基本上也是围绕着他,好在有他带着我读书,不然,时间都长在手机上了。所以,这个号我只想分享关于亲子共读的一切,那些他喜欢以及我们都喜欢的书,会拿出来分享。我不是童书专家,所以,本号推荐的童书都是基于小茶包和我们的阅读喜好。我也很少为他定制不同的分级书单,而是平日里的发现和积累,把我认为好的一些童书拿回来给他看,再经过他的筛选。这个号里推荐的,都是这样的童书。

还会有不少原版的童书,都是茶妈买给他的,他也很喜欢读,但只要求茶妈陪读,一句"爸爸不会英语",我就乖乖投降。一点没错,他读这些原版童书积累的词汇量,显然已经超过我了。所以,每次他指着某样东西问:"爸爸,这个英文怎么念?"我就只好哭着说:"问你妈妈。"

怀念王学泰先生

在高铁上,从朋友圈里看到王学泰先生去世的消息,深深痛心。每次见到王先生,他一贯中气十足的讲话和爽朗的笑声,让人很欣慰先生康健的体魄。不久前,和肖复兴、罗雪村两位老师一起去农光里小区拜望高莽先生,当时还跟雪村兄说,王学泰老师也住这个院儿里,过段时间来看看王先生。没过多久,九十高龄的高莽先生离开了我们,今天,学泰先生也离我们而去,短短时间内,好几位让人尊敬的老先生过世,世事无常,要珍惜每一次和老先生相聚的时光。提醒自己,以后要抽更多时间去看望老先生们,陪他们聊聊天。

高铁漫漫时光，我一直回溯认识王学泰先生的一些往事。认识学泰先生应该有十五六年了，当时我刚到《新京报》做副刊编辑，打电话向王先生约稿。他不知道《新京报》是什么鬼，也不认识我这个小编辑，却爽快地一口答应。然后，我们抱着电话聊了很久，其实是一直听王先生在说。当时，我非常感动，没想到这么大牌的学者，能对我这样一位小编辑畅聊这么久，真有点受宠若惊。

刚做编辑那会儿，向老先生们约稿特别紧张，生怕被拒绝，也怕打扰他们，但王先生第一次让我感受到温暖和舒适，也增强了约稿的信心。接下来，一次次冒昧给更多老先生打电话约稿，深切感受到，那代知识分子对人的尊重和友善，沈昌文、黄裳、钟叔河、朱正……老先生们对小编辑的关爱和支持，唯有感念。

1997年的时候，我在风入松书店做店员，每天在书店里翻阅各类图书，加强业务学习。偶然翻到王学泰先生的《中国人的幽默》，深深被这样严谨又风趣的作品吸引。幽默和严谨，被王先生完美结合，我心想，这位学者本人也一定是个幽默的人，才能把幽默作为自己的学术课题。

2000年左右，读到王学泰先生的《游民文化与中国社会》，更是被王先生的学术魅力吸引，江湖、好汉、造反……这些字眼让血气方刚的我，无疑兴奋得口干舌燥，内心很渴望有一天能认识王学泰先生。当时，我主持人民网强国论坛的读书论坛，会邀请很多知名学者来做嘉宾访谈，向领导申报了邀请王学泰先生的意向，但可能"游民文化"让领导有所顾忌，没有通过申请。

直到2003年参与《新京报》创刊，并成为《书评周刊》和"大家"副刊编辑，才有机会向王先生约稿，很多年的惦念终于实现。

不见其人，先闻其声，王先生中气十足的讲话和爽朗的笑声众人皆知。事实上，王先生一生坎坷，经历各种起落。曾经因为一本书被判刑入狱，王先生2013年出版的《监狱琐记》中回忆了自己因《推背图》入狱的往事。1976年7月26日，王学泰以"现行反革命罪"被判有期徒刑十三年，1978年10月20日平反释放。

王学泰先生一生著述丰富，除上面提及的几部著作，还有《中国饮食文化史》《中国人的饮食世界》《坎坷半生唯嗜书》，王学泰自选集《江湖旧梦》《岁月留声》《官人官事》，等等。

最后一次向王先生约稿，应该是 2011 年主编《文史参考》时，彼时策划了一个专题：私信 20@20，邀请 20 位名家，给他心目中最想交流的一位先人写一封私信。王学泰先生应邀写了一封信给杜甫，那年刚好是杜甫诞辰 1300 年，在此之前，有过一轮全民"恶搞杜甫"的热潮。王先生的信，让我们认识了一位不一样的杜甫。

摘录几段分享：

少陵，你好：

　　作为您的忠实读者给您写信，不免心怀惴惴，因为对于您，我是既熟悉又陌生。说熟悉，我自十三四岁开始读您的作品，身处逆境时，一卷杜诗就是我的精神慰藉。说陌生，我们不仅相距年代久远，更大的是身份、经历上的差异。我很难体会您由于"奉儒守官"具有的责任感和无条件的忠君情结。

　　……

　　历代人们爱戴您、尊敬您，中华人民共和国时期也不例外，我是建国六十多年来的见证人，借这封信向您介绍一下：1949 年至 1966 年这 17 年中，中国按照世界和平理事会章程，纪念世界文化名人，这期间中国有

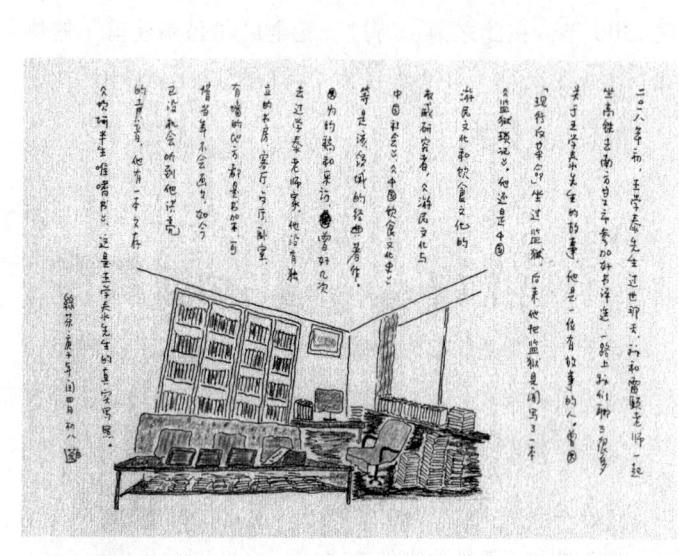

二〇一八年初，王学泰先生过世不久，邵燕祥老师一起先商量是邵方燕祥参加新书评选，一路上我们聊了很多关于王学泰先生的事情。他是一位有故事的人，曾因"现行反革命"坐过监狱，后来他把监狱里闲写了一本《监狱琐记》。他还是中国游民文化和饮食文化的权威研究者，《游民文化与中国社会》《中国饮食文化史》等是汤汤城城的经典著作。

因为约稿和采访 ● 曾好几次去过王学泰老师家。他给有秋立过的书房、客厅、卧室、有暖的厨房都是别样的味道。如今，已没有机会听到他谈毛增寄年不会忘的，如今的声音，如语，一年文存久的词年生唯唱得久。这是王学泰先生的画家写照。

繁荣 庚子 闰四月 初八 ●

王学泰书房

五位入选，分别是李时珍、屈原、关汉卿、杜甫和齐白石，您于1962年入选。这一年在北京召开了纪念大会，向世界宣布您对于中国文化的重要性。

……

最后一次见王学泰先生应该是去年底在三联书店二楼雕刻时光三联作者会上。整个会场很多人，远远就听见王先生爽朗的笑声。在每个有王先生的场合，他中气十足的发言和大笑都给人温暖和能量，这样的乐观也许是坎坷一生磨炼出来的。"岁月留声"，王先生不仅给我们留下那么多堪称经典的著作，还有那乐观、温暖、幽默、爽朗的笑声。

深深怀念王学泰先生！

2018.01.12

辑三　返乡画像

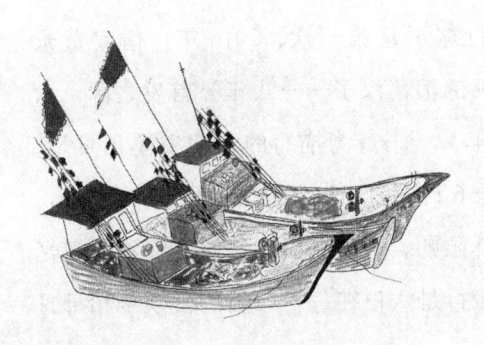

六根温州行纪事

酒过六巡，微醺，总要琢磨点事儿。2015年6月6日，六根公众号开通；2016年，出版了一套"醉醒客丛书"；2017年，发起"六根故乡行"，首站去了我的故乡温州。

六根集体出行这不是第一次，2016年，借着黄永玉先生的《无愁河的浪荡汉子——八年》首发之际，六根集体去了《八年》一书着力描写的福建安溪和泉州。2017年6月4日—6日，为庆祝六根公众号迎来第三年，六根集体去了桂林阳朔。每一次旅行都留下深深的记忆和浓浓的回味，旅行是六根在每日一篇的公众号和每月一次的酒局之外，又一种情感链接。

"六根故乡行"，六个人集体去其中一位的故乡，闯入别人的故乡，审视陌生的乡土，是乡土书写的另一种味道。我们六位分别来自湖北随州（李辉）、安徽合肥（叶匡政）、浙江温州（绿茶）、山东临沂（韩浩月）、河南濮阳（潘采夫）、河北石家庄（武云溥），刚好是三个北方三个南方。

每个人的故乡，每人留下一篇文字，六个故乡走完，六六三十六篇，整好一本书，玩和书两不耽误。

第一站温州，有很多机缘巧合。最终在温州老乡周吉敏和温州塘河文化研究会邀请下，六根温州行于2017年11月18日—24日成行。

一

11月18日午后，六根中的四根，叶匡政、韩浩月、武云溥、绿茶和茶妈、小茶包同机抵达温州。早一天，11月17日，五根潘采夫已率先抵温，在塘河边雨中漫步、深夜发吃，以及"不为人知"的后半夜。

11月19日一早，周吉敏、方韶毅等温州朋友来酒店接我们游览江心屿。这是温州城区著名景点，系瓯江口一处岛屿，屿内始建于唐代的东西双塔隔着瓯江清晰可见。小时候学校组织来温州春游到过江心屿，已经回忆不起当时的印象，再来时儿子已五岁，不知道会给他儿时记忆留下什么印象？

去江心屿需要坐轮渡，这很符合小朋友的心思。小茶包每次坐船去某个小岛都是很开心的过程，我小时候亦如此。每次去外婆家访亲、拜年，都需要坐轮渡，从自己家到外婆家要走很远的路，就因为中间有一段轮渡，小腿欢快地跳跃着，觉得这段路程快乐无比。

小朋友在任何一趟旅行中，总能快速找到和他玩得来的伙伴。奶爸韩浩月瞬间俘获小茶包，从江心屿开始，整趟行程，小茶包一直缠着"月叔叔"。

老友方韶毅是非常称职的地陪，对温州文史如数家珍，让我们在参观游览时，耳边总伴着知识含量很高的解说：江心屿留有历代文人、官员的行迹，南宋赵构曾避难于此，江心寺、浩然亭、谢公祠……

中午吃地道的温州饭摊，这是温州本土特别普遍的快餐，密布在大街小巷。不想开伙的温州人，在饭摊解决中晚餐，方便又便宜，还非常家常。观察过全国各地的快餐，始终觉得温州饭摊是最佳方式，奇怪的是这种方式始终没能在别的城市复制。六根酒局我经常招呼大家去潘家园的温州大排档，大排档和饭摊还是有些区别，前者以吃海鲜、喝酒为主，后者属于家常便饭。

下午，方韶毅安排了温州老城故居行，这条人文线路方韶毅应该走了无数遍。夏鼐故居、郑振铎纪念馆、马孟荣马公愚艺术馆、城西基督教堂，这些百年前的民国老建筑，以及民国时期的人文往事，方韶毅兄娓娓道来。他对民国温州文化人很有研究，著有《民国文化隐者录》，这些年又创办温州史地刊物《瓯风》，更深层次挖掘温州文脉。

轻松而丰富的一天，方韶毅对温州历史和本土文化的执着和热爱让人感动，他用最高频次的语速、最满的信息量给大家讲述一个人文的温州、历史的温州，不一样的温州。

傍晚，六根老大李辉到温，六根聚齐，餐后坐车去我老家苍南龙港。

二

11月20日是满满怀旧的一天。

一早六根来到我的出生地，平阳县鳌江镇塘外村。我整个童年都在这里度过，有十来位儿时的伙伴，一起江边抓螃蟹、滑泥梯，一起河里捞鱼、钓虾，一起塘沽两边打泥战、干坏事，每个野生的童年干过的事，我在这个江边小渔村都干过。小村只有二三十户人家，彼此再熟悉不过，每家每户都是我们这帮熊孩子的捉迷藏宝地。

我现在就凭借这些童年熊孩子故事力压"凯叔讲故事"以及"各种叔讲故事"，成了我们爷俩每晚最快乐的睡前时光。庆幸自己拥有这样一个野生童年，让不会讲故事的自己成了"故事大王"。

高中时期全家搬去龙港（现为龙港市，系全国首例由镇升市的行政区域），就很少回老家了。曾经封闭、边缘的小村已通了马路，整个村子已经大变样，几乎每天放学都要去玩的红砖厂房已经变成万达广场，好在老屋还在，只是更旧了。不久前凭记忆画了一幅老屋，原来，记忆中的老屋如此美好。

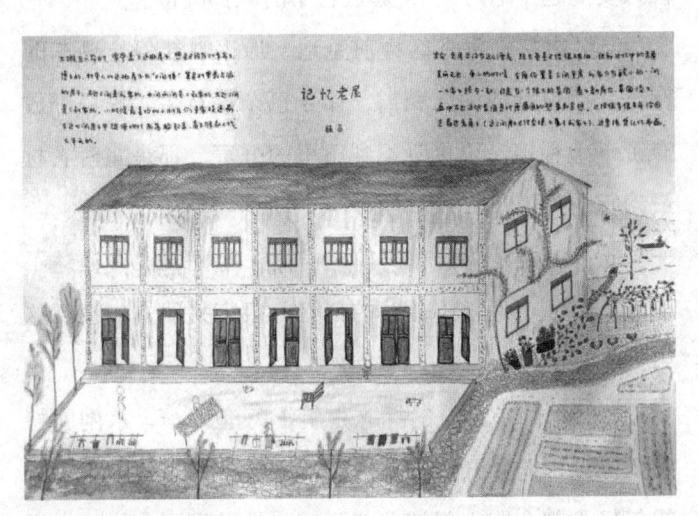

记忆中的老屋

这排房叫"七间楼",是村子里比较早的整排二层小楼,大概建于我六七岁时。右边三间是我们家的,中间两间是二叔家的,左边两间是三叔家的,如今,二叔三叔家都还住在这里。那时候农村里没有路灯、没有门牌,但只要提起"七间楼",远近村子的人都晓得。

记忆中特别宽敞的楼前空地,原来只能停一辆车的宽度。门前绿油油的稻田,如今已杂草丛生,农民都放弃了下地种田。再也听不到田里的蛙声,那是儿时农村最动听的背景音。

带着六根兄弟们在门前、门后,水闸、江边溜达了一圈,每寸土地都是儿时的记忆,很高兴朋友们来到这里,听我说那些陈年的往事。

下厂水闸是小村的标志建筑,每逢雨季,水闸就特别忙碌。那时候开闸都是人工的,一旦河道涨水,全村的年轻人都会跑来帮忙一起开闸。像驴磨面一样,大家一起使劲转动圆盘,挡在江河之间的水闸慢慢开启,河水冲向大江。每次开闸都是小村的节日,河里的鱼、虾、蟹被冲下来,胖头鱼被水冲下来会反复跃起,村民们拿着框、拉着网,站在两岸,能接住很多落网之鱼。小孩们远远地看着,看到落网之鱼就欢呼,每回开闸,家里就有吃不完的鱼。

如今水闸下方淤泥沉积，渔船停靠，应该很久没开过闸门了。河道都污染了，鱼大概也没了，再开闸门，估计看不到跃起的鱼，以及两岸捞鱼的人了。

中午到鳌江我父母居住的老人公寓，二老早早候在门口。端上小茶包心心念念的"九层糕"，这是我儿时最喜欢的糕点之一，跟小茶包讲过小时候爱吃"九层糕"的故事，小人家记住了，说回家第一件事就是要吃"九层糕"。六根兄弟们可能吃不惯这个糕点，它有浓浓的碱味。

告别父母到龙港用餐，与大哥二哥姐姐姐夫，还有好友阿头、阿富等一起用餐。饭后去姐姐家，姐夫习书画有年，赠送六根每人一幅字画，同时题"六根温州行"。李辉为阿头孩子题"快乐成长"，叶匡政回赠姐夫一幅"澄怀观道"。

晚上，好友阿富、阿头又带我们去海边吹风、吃海鲜。由于中午海鲜和酒已经过量，大家纷纷求饶，但端上来的海鲜十样有九样他们没见过，出于好奇还是吃了不少。对北方和内地来的六根诸友，两天的海鲜大餐的确有点受不了了，但是除了海鲜，温州人就不知道怎么待客了。

三

应矾山镇政府之邀，11月21日，六根一行去苍南矾山参观有着600多年开矿史的矾山矾矿。

温州有很多著名的地方我想去而没去过，矾山就是其中之一。小时候，好几次差点成行，最终还是觉得路远难走而放弃。如今通往矾山已经有很好走的路，但从龙港到矾山，还是走了一个多小时。引领我们来到矾山的是几位苍南文史爱好者，周功清、黄崇森、陈以周、张耀辉等朋友，他们这些年一直在坚持对矾矿历史的挖掘和研究，同时做矾矿工人口述史。

快到矾山时，李辉给黄传会打了一个电话，说到你家乡了。黄传会，矾山人，著名军旅作家，著有《海军纪实三部曲》等。另一位作家朋友张翎也是矾山人，她原定要和六根一起温州行，但行程冲突没来，我们就替她回老家看看，行程中不断给她发照片。

在福德湾矾矿遗址，首先迎接我们的是黄传会书屋，书屋里藏有一些关于矾矿的书和黄传会的作品，墙上印着黄传会发表于《人民日报》的文章《我的名字叫苍南》。书屋隔壁，是一家非常地道的矾山小吃肉燕店，吃了一碗又要一碗，美味至极，两碗肉燕下肚，浑身暖洋洋的。

小雨中漫步福德湾老街，这里的老屋大多盖于清朝年间，房子由硬度很高的矾矿石垒成，坚固美观。在福德湾茶书馆前，我们着实惊叹这栋院落的美观、大气。李辉兄说，应该叫"福德湾绿茶书馆"，呦，真心希望能有这样一家书馆，可惜前生没修来这样的福分。在一家矿工自建的小型博物馆里，看到很多开矿年代的物件、家具、生活用品等，最让我欣喜的是矿工自绘的开矿流程图和工具图。

福德湾老街是近年见过比较特殊的古村，没有太浓的商业味，很符合这座矿城的低调、边缘的气质。

进入几百年开凿而成的矿洞，有种穿越感。洞内有些地方寒，有些地方热，一层层递进，一层层下沉。这奇异空间是矾山人民几百年的巧夺天工，未来有无限的想象空间。

如今的矿区已经没有当年的热闹场面，我们几个突然闯入的参观者也没能惊醒沉睡的矿神，一排排熔炉还

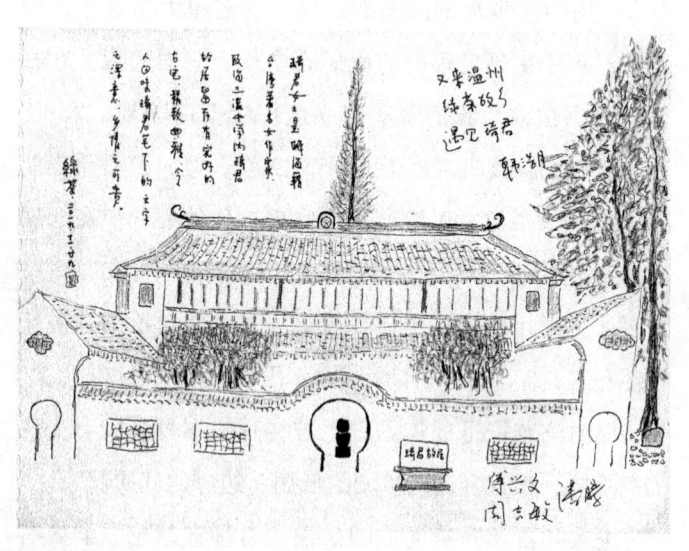

琦君故居

坚硬挺拔着,只是烟囱里再也不会冒出浓浓的白烟。运矿石的拖拉机漏气,成为我们到此一游的见证。车挡还能挂上,只是看不到它"突突"往前走了。

矾山的矿工们如今世界各地开矿,有些人成为很有钱的矿主,他们从世界各地带回来矿石,在矾山建矿石博物馆。我们平常很少留意山和石,但这些石头被展示出来,看上去那么美,一点不亚于被提炼出来的金银珠宝。

晚上在苍南半书房,与矾山镇书记和副镇长以及苍南知行读书会书友们交流,听他们讲述矾山政府对未来的规划和想象。很遗憾小时候错过来矾山的机会,或许那时候,矾山人民还在开矿呢。如今,这座矿山活化石越来越吸引世人的眼球,大街小巷都在基础建设,也许过不了几年,世界矾都将开凿出一片"新矿"——集旅游、矿山、美食、休闲为一身的矿生态城镇。

四

11月22日,结束鳌江、苍南行程,去温州瓯海区泽雅纸山,邀请六根来温州行的周吉敏女士是泽雅人。吉敏在瓯海区政府工作，出于对家乡历史与文化的热爱，参与塘河文化研究会工作，每年举办一届塘河文化论坛，六根温州行是第四届塘河文化论坛主题活动。

她同时是琦君研究会会长，常年从事琦君文学研究，在多年努力下，在瞿溪琦君故里建成琦君纪念馆，馆址选于琦君父亲潘国纲创建的后庙小学内。琦君（1917—2006），长于台湾，原名潘希真，有文学作品40多种。但我们对她并不熟悉，电视剧《橘子红了》是根据她的同名小说改编。她师从词学大家夏承焘，也是温州老乡。每年12月，由琦君研究会主办的琦君散文奖在琦君故里揭晓。

600多年前，泽雅先民从福建迁居而来，同时也带来了造纸术。从"南屏纸"到"泽雅屏纸"，就这样沿袭下来。屏纸有"中国造纸术的活化石"之称，至今仍有少数村庄在用最古老的做纸工艺。生产屏纸有70多道工序，其中，四连碓造纸作坊是古法屏纸作坊中的典型代表。

我们在水碓坑村午餐，这个深山里的小村素朴、宁静，老房和深山相处得那么和谐，自然之美就是这样，大城市里生活的我们，已经很少有机会感受到这样的美。

水碓坑村以潘姓为主，清康熙年间建村，目前村内20多座民居系民国时期古村建筑。

一顿鲜美的乡味后，我们在小村里散步。村庄里住的人已经不多了，很多老屋貌似也很久没人住了，它们在孤独地等待主人归来；也许不久之后，它们等来的是熙熙攘攘的游客。中国活着的老村越来越少，希望泽雅深山里的老村，能活得更久远一些。

晚上回到温州市区，在温州大学校区。温大人文学院院长孙良好和我是苍南老乡，著有《文学的温州》等关注温州文学现象的书。李辉在温大礼堂讲"沈从文与黄永玉"。

五

11月23日，行程最后一天，早起溜达几步到塘河边。塘河又叫温瑞塘河，沟通了瓯江和飞云江两条水域，从温州鹿城区小南码头至瑞安东门码头，全长33公里。塘河孕育了温瑞平原的生活与文化。

坐在游船上一路向南，船尾的胖头鱼跃出水面，像是对我们骚扰它们的清静表示愤怒。塘河两岸，一步一景，榕树、埠头、老屋、旧踏、白鹭在河面上掠过，农民们满载着瓯柑笑容灿烂。看到塘河两岸正在发生着剧烈的变化，有些房子在拆除，有些正在新建。正如李辉所建议的，真希望塘河两岸，未来有很多的博物馆、图书馆、书店或文化艺术机构，在塘河的古迹遗韵间，注入现代模式的展示和表达。

游船在白象塔靠岸。

白象塔始建于唐贞观年间（627—649），砖木楼阁结构，六面七层。塔内藏有北宋佛教文物众多，见证了北宋时期中国佛教的兴盛。1965年，塔身倾斜不稳，后拆除，塔内文物现藏浙江省和温州市博物馆。现塔1999年依原样重建。塘河文化研究会就在塔下的院子内办公。

在塘河文化研究会展示厅，看到一组温州插画师画的塘河插图，生动描绘了塘河两岸的日常和生活，这是流动的塘河，也是流动的生活，流动的温州文化。

中午来到塘河边青灯先生张金成的农家小院。张金成是塘河边土生土长的瓯海人，曾是一名自行车运动员，多次获得全国极限自行车比赛冠军，由于对古灯的热爱，多年来在各地搜罗古灯。后来，张金成在塘河边租了老房子，建了"青灯书屋"和灯文化博物馆。张金成还有更大的塘河文化梦，所有和塘河文化有关的古器他都在孜孜不倦地收集。

在青灯先生的农家小院享受美味午餐和阳光午茶后，我们去仙岩梅雨潭。

语文课本中收录的这篇散文名篇上学时会背。小时候春游来过一次，留下最深的印象就是水很凉很凉。这是我第二次来仙岩，因为带着小茶包，他拿着木棍开心地玩水，我顾不得欣赏瀑布，只是紧紧地拉着他，因为这水很凉很凉，不小心滑下去可受不住。

晚，在温州半书房，分享我们本次温州行的体会。

六

短短六天，六根温州行留下太多美好和回味。对我而言，这么多年的离乡、返乡，这次回乡最为独特。把我在北京的亲人们带到老家，和家乡的亲人们见面，这种感觉就像是久别重逢，有很多感动在里边。

这次没有去更多旅游景点，而是更多地深入有历史和人文味道的温州。

温州人的乡邦想象

先说一本杂志——《瓯风》，这是我温州老家学人方韶毅主编的一份乡邦史地杂志，目前已出刊二十辑。我忝列《瓯风》编委之一。除《瓯风》杂志外，瓯风编委会同时策划出品了"瓯风文丛"，已出版两套文丛共十本，收录有温端政、林翘翘、沈克成、张乘健、卢礼阳、黄世中、陈增杰、王则柯、许宗斌、诸葛忆兵等十位温籍作家、学者的作品。

温州人对乡邦文献之重视由来已久，早在民国时期的1934年，刘绍宽、夏承焘、陈谧、梅冷生、林庆云等十六位温州文人共同编辑出版了《瓯风杂志》(线装)，从1934年1月至1935年12月共刊出24期。七八十年后，新一代温州文化人延续前辈学人传统，继续《瓯风》新刊，探索乡邦传承新的想象。

这些年，越来越多温州文化人和爱书人在乡邦文献的整理和研究方面不遗余力。简单举几个例子。

2012年，方韶毅策划出版了"老温州系列丛书"，包括《温州老新闻》《温州老副刊》《温州老广告》《温州老期刊》和《温州老剧本》等五册。这套丛书根据温州市档案馆所存《浙瓯日报》《温州日报》《地方新闻》《阵中日报》《平报》《乐清新报》《中国民报》《大风报》《新闻报》《温区民国日报》《温州新报》《瓯海民报》《今报》《东瓯日报》《进步报》等十多种温州民国年间出版的报纸，编选、呈现出温州的民国风情，是一套丰富多元有史料价值的温州乡邦历史读本。

回望温州乡邦文献的出版活动，以时间为序，较大规模地进行过四次。第一次在清代同治、光绪年间，瑞安孙衣言汇刊《永嘉丛书》15种，孙衣言、孙诒让父子出版的多为宋代文献。"永嘉学"沉寂已久，有振兴之愿。第二次是民国四年（1915）瓯海关监督冒广生编刻《永嘉诗人祠堂丛刻》14种，这是执政者的高明之举。

第三次即前述1928—1935年间，温州旅沪实业家黄群刊刻《敬乡楼丛书》4辑38种；第四次是抗战爆发前，永嘉区征辑乡先哲遗著委员会抄缮地方文献402种。

2001年，由温州市政府牵头，胡珠生先生领衔主编的《温州文献丛书》，可视作第五次。历5年9个月完成，共四辑40部48册2000万字，涉及文化、历史、政治、经济、科技、医学、军事诸多领域，系统整理了上起北宋晚期的周行己、刘安节、刘安上、许景衡，下至1949年前后王理孚、刘景晨、孙延钊、梅冷生等温州先贤遗留文献，时间跨度近千年。

2017年，由温州市图书馆编、中华书局出版的《温州市图书馆藏日记稿钞本丛刊》亮相，该丛刊为影印本，有底本310册，约800万言。此外，温州市图书馆也组织当地学人选择馆藏日记中若干家较为完整的手稿整理点校，由中华书局纳入著名的"中国近代人物日记丛书"刊行，已经整理出版有《刘绍宽日记》（五卷）、《林骏日记》（两卷）、《赵钧日记》（两册）、《符璋日记》（三册）等。这些日记的整理出版，对近代温州文人和时代有着珍贵的历史价值。

旅加温籍学人沈迦，身在外心系温，也在整理和寻访与温州相关的乡邦文献。他出版了《寻找·苏慧廉》，通过对在温州传教的英国传教士苏慧廉的寻找，构建出一幅独特的民国温州画像；之后又策划出版了苏慧廉女儿谢福芸的访华四部曲。谢福芸在温州出生，童年也生活在温州，在她的小说中，对温州有深情的记录和反映，也是另一种形态的温州书写。

乐清书人谢金才创办的桃园书院是温州最有名的书店。他也是温州乡邦文献有力的收集者和传播者，通过他的努力，大量的温州乡邦文献得以出现在温州研究者的书房中，为乡邦文献收集、整理提供了重要的支持。

温州有着深厚的历史文化传统，温州的文化人也是受了这一传统的感召而投入乡邦文献研究，他们用自己一点一滴的努力改变着我们对温州只是一个商业都市的固有认识。我是温州人，多年来对自己的身份也有些误解。近些年，接触到越来越多从事温州乡邦文献和历史研究的朋友，都很有温度；被他们的精神感染，很愿意参与到温州文化建设中，期待以文化之桥梁，让自己走上回乡的路。

小镇书香　文史薪传

返乡数日，名义上看望父母大人，实际上在爸妈家只吃了一顿，过了一夜，其他时间都在赶场和饭局。除了吃吃喝喝，与故乡的书友和文史爱好者聊天也是一大快事。

每次回乡一定要去一万兄书房坐坐。他在中学里任生物老师，上大学时受藏书丰厚的恩师影响，爱上书和版本，毕业后回小镇教书，凭借深埋于心的爱书情结，慢慢勾画出自己的藏书路径。在他的书藏中，不久前离世的金庸是一个大项，家中一个房间内，全部是金庸作品，大陆和港台不同版本的金庸全集和单行本，计有几十个版本。

大陆的三联版、广州版，香港明河版，台湾远流版、远景版，等等，都是金庸迷趋之若鹜的藏品。其中有些独特的版本已经炒到很高的价，几万、几十万都有。一万兄书架中，有套三联的软精装版本，当年六千买过一套，后来八千出手了，又一万二买过一套，一万五又出手了，现在这套是三万多买的。金庸先生去世，这些难得的版本估计又会涨到新的天价。

在这些一套套整齐的全集外，最让我心动的却是那些未经授权的各时期单行本。这些金庸书是我中学时的抽屉文学，一次次课堂上埋头猛读，快意恩仇，一次次被老师发现揪住，粗暴收走。猛然在一万兄书房看见这些皱巴巴、有着青春记忆的封面，老眼不觉一热。

我们从下午一直聊到晚上，听他讲述如何一步步从金庸收藏，到中国古典文学，到线装书、书画图册，以及从日本代拍网站选购精品，慢慢构成了现在精致有格的书房局面。聊完天黑了，拍照效果不好，速写了书房一角，画完问书房堂号，他说没起。我就自行题写"一万书房"，看着蛮顺眼，于是提议不妨就叫"万书房"，一万兄深以为然。

一万书房

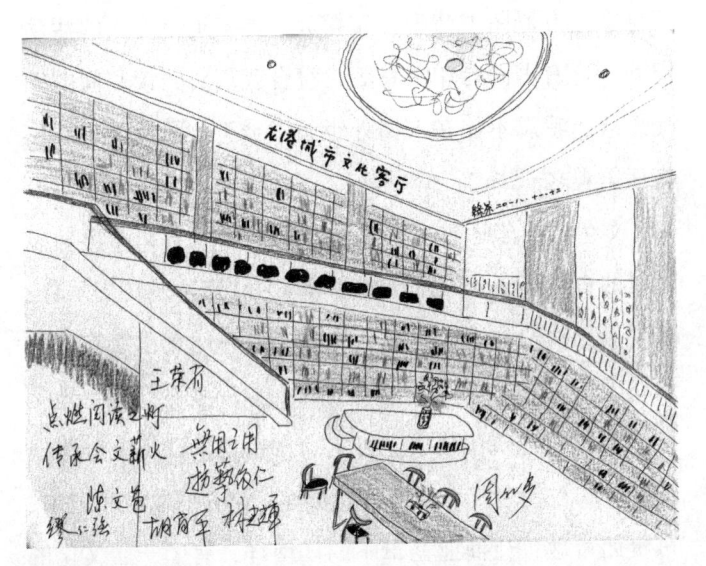

龙港城市文化客厅

次日，龙港文史研究者陈文苞兄邀约在龙港城市文化客厅喝茶，他是文化客厅厅长。这个阅读空间在朋友圈多次见到晒图，自己踏入还是颇为惊讶，格局和气势不凡，很难想象一个小镇有如此美好的阅读空间。前后三栋，上万册图书清晰分布摆放，能容纳上百人的活动空间，还有书画台和茶室等，符合我们对阅读空间的完美想象。我忍不住在入口处小画了一下，显然没表现出客厅美观之一二。

文苞兄常年通过实地走访及对当事人寻访，再辅以大量的史料查证，一点点梳理出家乡江南垟的历史风貌，笔耕勤劲，写作了大量乡土考据文章，结集出版有《鳌水苍山》《锦绣江南垟》等作品。记录那些在这片土地上留下痕迹的建筑、庙宇、古宅、古桥等，以及滋养这一方水土的古代名贤、乡绅、要员等。这样的求索和记录，可贵而可敬，让商业笼罩下的江南垟，有了一层文化的底色。

此行还让我意外而开心的是，见到三十多年前认识的兄长。他是我姐夫最好的朋友，在我五六岁时就认识了。当时他是一名木匠，我家新盖楼房时他来做木工活，那时候特别羡慕他们能把一堆木头神奇地打造为床、衣柜、凳子、沙发。尤其喜欢待在木工现场,看刨刀一片片刨下的木皮卷成一团,看拉锯把一根粗壮的木材锯成一段一段,看凿刀打出一个个木槽,巧妙地制作榫卯,神奇地组合成一套套家具。

如今,他是一村之长,也是一名深度的家乡文史爱好者,和陈文苞及家乡一众文史爱好者一点点去寻访遗落民间的老历史、旧往事,有很多无巧不成书的故事,也透露着焦急、叹息和无奈。

他当下正不遗余力地从事元儒史伯璿的研究与传播。史伯璿,平阳钱仓人,生于元大德三年(1299),著作《四书管窥》和《四书管窥外篇》收入《四库全书》,一生未出仕。史伯璿墓完好保存在他管辖的钱仓村。谈及家乡这位儒士,兄长眼里放着光,那股憨劲坚定而可爱,好像在讲述自个儿家的陈年往事。一位最基层的干部,藏着这份真诚的文史情怀,不由让人敬重、感佩。

南门街少年往事

我出生成长于温州平阳县一个乡下小渔村,整天戏耍于江边滩涂与河间稻田,度过了一个开心自由的野生童年。在乡村小学毕业后,进入鳌江镇第二中学,是班里唯一的乡下孩子。从家到学校步行需一个多小时,每天往返对一个十多岁的孩子不太现实,只能住校。但鳌江二中农村学生不多,学校里没设置住校条件,只能自己在学校周边租房子住。

没见过市面的乡巴佬从这一天起强烈自卑,第一个学期甚至很少和同学们说过话。每天放学就回到租住的房间或者去租书铺看小人书。乡下孩子和镇里的孩子我们自己一眼就能分辨出来，慢慢地，和二中其他乡下学生熟了，大概有七八个。我们决定租住到一起，彼此有个照应，差不多第二学期开始，我的初中生活才开始有趣起来。

鳌江二中门前叫南门街，是镇里一条繁华的主干道，通往镇下乡村的必经之路。我们每天放学就混在这条头尾大概一公里的街道和周边巷弄里，在录像厅、游戏厅、台球厅间转悠，但是我们消费不起，可怜的几块钱生活费，最多能省出几毛去租书铺看看武侠小说或小人书。

随着对周边环境的熟悉，也开始了解一点二中周围的"混子"江湖。对早早辍学游手好闲混社会的孩子，用温州话说叫"辣卵"或"派人"，直译过来应该是"烂仔"或"破人"。他们主要活跃在学校门口、台球厅和录像厅，时间久了，我们基本知道哪些人是烂仔，每次看见远远躲开。

在学校门口活跃的主要是跟我们年龄相仿的"辣卵"，据说他们的老大很厉害，我从没见过。对于他们的故事，我是听房东家的孩子讲过一些，他比我还小一点，也是跟辣卵们混的，后来貌似也混成老大了，还坐了牢。他是我唯一接触过的辣卵，邀请我去他房间一起看电视，虽然比我小，我还是有点怕他，但他一直对我很好。

辣卵们主要干的事就是寻找一些看起来身上带钱的孩子，几个人上来按住，掏兜，有钱拿走，没钱，扇大嘴巴。所以，我的衣服和书包都有自己缝的很隐蔽的暗处，专门藏一周几块钱的生活费，口袋里也会装几毛钱，万一被掏兜，不至于挨大嘴巴。

有一次刚吃完早点，在学校门口上厕所，进来几个烂仔把我按住掏兜，其中一个是我表舅家的孩子，是表弟，他见是我，叫他几个兄弟放手，说认识，算逃过一次。这位表弟后来也混成了大哥，据说也伤了人，坐了很多年牢。听说已经出来了，现在居家过日子成油腻大叔了。

在南门街，有两个安全地带我最喜欢。一个是租书铺，辣卵基本不来；而且，租书铺老太太也很凶，她能一眼认出烂仔，只要看见就大声把他们轰走。另一个是南门街陡门老人亭，辣卵们绝对不敢来。这里是老人们休闲娱乐的地方，喝茶、下棋、打牌，最主要的，这里还有大电视，我租住的房子离老人亭只有几步远。

尽管我们总是成群行动，也尽量避免去辣卵们的活动区域出没，但还是有些意外。这一带辣卵们也知道有我们这几个乡下学生，虽然身上没钱，但欺负一下也是过瘾。我们几个从不同的村子来，周日返校往往不能同步。有一次我就落单了，在快到学校前，几个辣卵守在我必经之道上，把我拉到一条弄堂里，掏走身上仅有的五块钱，这是我一个星期的生活费。还好有乡下同伴们，在他们接济下过了一周。

此后，我就更加小心谨慎了，每次落单时，紧紧跟着路上的大人，没再发生被掏兜事件。再后来到县城读高中，总算告别了担惊受怕躲辣卵的日子。

后来看杨德昌电影《牯岭街少年杀人事件》，也很热血，回想自己的南门街悲催岁月，更觉得好逊。多年后在台北，沿着牯岭街从头走到尾，尽管牯岭街旧书市已不在，仍有五家旧书市时代走过来的旧书店还在坚持，见证着这里曾经的繁荣和如今的萧条。

野生童年历险记

我的童年可以说纯野生的,家里兄弟姐妹多,父母养活一大家子人可谓日夜操劳,没有时间顾及每个孩子的成长。在我们农村,基本上每个孩子都是这么放养的。打我会走路起,就和村里的几个同龄小孩一起野。赶牛、骑猪、抓老鼠、捉迷藏、挖泥鳅、炸牛粪……熊孩子爱干的事,一样没落下。

无拘束的童年美好而快意,也伴随着危机和险情。有几次险些丢了小命,想想还真是命大。

第一次：触电

大概不到五岁，大哥从上海买回一台永久牌自行车，哥哥姐姐们一起抢着学骑自行车，我小，没份儿，自己一边玩去了。家附近有个高压变电站，虽然大人们一再告诫高压电很危险，但小孩的心里总试探着靠近。后来，家养的一只猫挂在高压线上电死了，才知道电老虎的厉害。

高压变电站有一根很粗的固定钢丝线压入地面，和地面形成一个三角形，小朋友们喜欢攀着钢丝线上行几下，等悬空了再松开落入地面，这块地面被我们一次次落下，踏出一个坑，这么个动作我们玩得乐此不疲。那天，我自个儿又攀着上去了，然后就——触电了。

大致形容一下触电时的感受：全身酥麻、发抖，眼睛睁不开，也喊不出来。当时心想，完了，小命不保。就在那短暂的瞬间，脑子里像放电影一样过了一遍自己短暂的人生，家人、同学、朋友都清晰可见，欲哭无泪。（据说这叫回光返照。）最后听到的声音是，我三哥说："阿晓触电啦！"

第二天醒来时，爸爸告诉我，当时三哥发现我触电了，拿了把扫帚冲过来，幸亏，我已经从上面掉下来了。

幸运的是，我触的不是高压电，而是一个农户拉了一条电线从这儿过，接到远处水泵，往田里压水，只是220V的生活用电，我因为两腿悬空，手被电麻后，就掉下来了，捡回一条小命。大夫说，我身体里的水分都烧干了，打了一个多月盐水，才慢慢恢复过来。

这次的触电经历让我对那条钢丝线一直心怀恐惧，每次从那儿路过都远远绕开，生怕再次触电。而这个位置是我每次出门必经之路，整个童年，都在这样的恐惧中进出家门，以至于，整个童年夜里没出过一次门去找同村的小朋友们玩——这条"带电"的钢丝线挡住了我想出去野的路。

第二次：溺水

忘了几岁时，当时不会游泳。家后门就是一条河，还有一个水闸，每当下暴雨时，水闸就会打开，把田间、河道的水排到江里。南方多雨，每逢梅雨季节，水闸过几天就得开一次。

从小在水边长大，虽不会游泳，也不怕在河边玩。

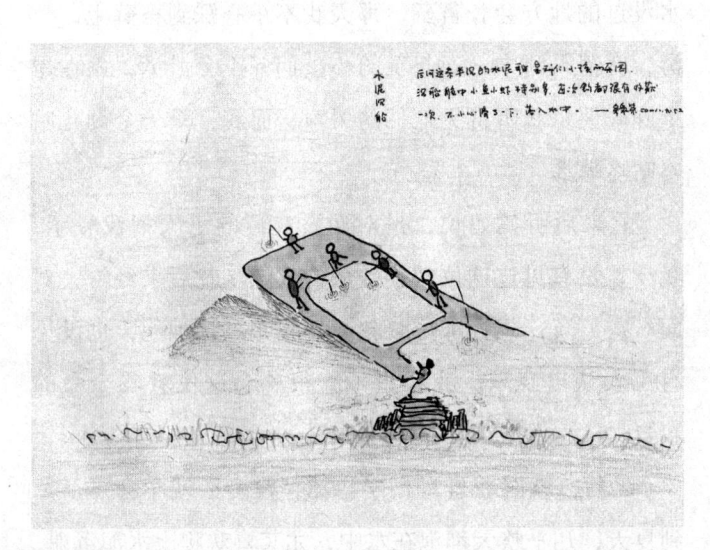

水泥沉船

河边有艘半沉的水泥船,翘出来的船尾上,经常有村妇在上面洗衣服,水泥船是现成的搓衣板。我们小孩也喜欢在上面玩,有一次,照常在水泥船上钓虾,沉船的船舱中,鱼虾们也喜欢逗留。河水经常起落,水泥船上被水没过的地方会长苔藓,那天我不小心踩到苔藓上,一滑,就落入河中,一起玩的小孩们都不会游泳,站在岸上哇哇哭,我听得见他们的哭声,而我,只一个劲儿咕咚咕咚喝水。

醒来后听妈妈说,是对面石灰厂的工人把我救了,我一直没有见过这位救我性命的叔叔。我后来经常去对面石灰厂玩,想找那位叔叔,但我并不认识他,也没见有工人认出我来。我心里一直很感念这位救我一命的叔叔。

之后,就跟着哥哥们学游泳,没多久就学会了。每到夏天,几乎整天都泡在水中,尤其喜欢爬上水泥沉船,踩在船舷的苔藓上,一骨碌滑到河里……

触电和溺水是家人知道的两次险情,此外,还有好几次家人并不知情。

一次还是在家后门的河,那天下很大很大的雨,我们几个小朋友在河对岸一条小河沟里摸螺蛳和河蚌。因为雨势很大，水闸开了。我们在河沟里并不知情，等我们反应过来时，水流已经很急。我们几个仗着会游泳就跳入急流中往回游，越游越不对劲，急流把我们卷向闸口，此时也来不及往回游了，只好硬着头皮往前游。在离闸口很近的地方，我们终于靠了岸，侥幸脱险。回家不敢跟家里人说，偷偷地换了衣服，跟没事儿人一样。之后，开闸时再也不敢在河里游泳了。

再一次是在江里，每次落潮后，我们喜欢去江边抓螃蟹、沙蟹、跳跳鱼等。江边最好玩的就是，岸堤到江水间，退潮后有很大一段落差，我们坐在岸堤上滑下来落入江水中，这天然泥滑梯，简直百玩不厌。比现在商城里为孩子们准备的滑梯好玩一百倍。

江边最大的危险就是每次涨潮时，潮头扑过来很容易把人冲走。我们江边的孩子都知道，几点退潮几点涨潮。但是有一次，玩得兴起，就忘了潮头来袭，乐此不疲地玩泥滑梯。等我滑下去时，潮头刚好扑过来，把我整个人卷进去了，冲出去至少几十米，等我探出头时，已经看不到小伙伴了。我拼命往潮头反方向游，还好让我游出了潮头，慢慢靠了岸，回头看潮头已经冲出去好远好远……

类似大大小小的险情还有好几次，都是我们小孩子的秘密，谁都不敢告诉家里人。我们通过自己一次次的历险，慢慢总结出自己的童年危险目录。还好，儿时一起玩耍的小伙伴们，都安全地活了下来。

我们小时候，自然条件的确比较恶劣，但总体是安全的；等我们慢慢长大一点，知道危险并会保护自己时，基本上没再遇到危险。初中后，就远离家人住校了，除了会遭到镇上一些小流氓欺负外，也没再经历危险。

如今我已是孩子的父亲，在看护孩子时，几乎寸步不离，即便如此，还是觉得防不胜防。想想现在孩子们的生存环境，真是比自己小时候危险百倍，每年发生的儿童险情不胜枚举。两相比较，我经历的这几次历险真算不了什么呢。

蟳埔江边,我的乡愁

每次到泉州都有种回老家的感觉,泉州和我老家温州神似,那种味道,那股气息。两年前到安溪,就感受到了,山城安溪特别像老家县城平阳。我很好奇这种离奇的相似,去年回老家特意查了一下族谱,我家祖上果然是明朝时从泉州安溪迁来。

日前,应泉州丰泽区政府之邀,六根中的四根来参与"2018丰泽区首届蟳埔民俗文化旅游节"采风。蟳埔渔村的"妈祖巡香"有着千年传统,一定要来感受一下。

车开进蟳埔渔村,就有一股熟悉的味道扑面而来,可能这种独特的味道只有我这个同样在渔村长大的人才能细微察觉到。

"妈祖巡香"人群已经挤满了渔村，锣鼓喧天，鞭炮齐响，火药味掩盖了渔村的味道。下车后我一个人悄悄溜去了江边，离开了这片热闹和狂欢。

蟳埔江边，晋江滩涂，我坐在一条废弃的小渔船上，看着岸上熟悉的渔村发呆。离开老家二十多年，还是第一次在另一个地方感受到这梦里曾无数次出现的画面：渔村、渔船、滩涂以及浑浊的江水，招潮蟹在身边爬来爬去，跳跳鱼扭着身子优雅一跃……这淡淡的乡愁。

我喜欢江边的滩涂，童年的记忆中，滩涂是最欢乐的场所，这片浑浊的泥土里，有我童年深深的影子。多少逃学的日子，都耗在滩涂上，那些鱼虾、江蟹、贝壳、海螺及各种近海生物，都是我童年最亲近的玩伴，也是打开我味蕾的最佳方式。江边的渔民们，靠江吃江，每个人都有拿手的捕鱼虾蟹的手法，小小如我，也总是满载而归，快乐满足。

泥泞的滩涂，不是渔村人不能体会它的魅力。这片泥土下有数之不尽的美味，这些野生海味，比之我们通常理解"海鲜"更为美味。因为江水是海水与淡水的混合之水，这些近海生物有着独特的生存本领和适应能力，故而成就它们独特的味道。

比如有一种贝壳可清蒸或煮汤，美味至极，而且营养价值和食疗效果俱佳。学名叫贻贝，各地渔村有不同叫法，淡菜、青口、海红等均有，我老家叫淡菜。因其繁殖能力超强，数量很大，海边岩石上随处可见，是渔村人像蔬菜一样的寻常吃食，又因其清水白煮无需放盐就很美味，故而，被称为淡菜。

我非常喜食淡菜，也喜欢在江边岩石间挖淡菜，但每次挖淡菜回来，双脚总是伤痕累累。因为这些岩石上，除了淡菜，还有牡蛎、紫菜、海苔等，紫菜和海苔都很滑溜，经常一不小心就滑一跤，屁股或脚就会擦到牡蛎壳上，划出一道长长的口子，鲜血直冒。

滩涂上的泥是止血良药，捧一把泥糊在伤口上，不一会儿就止血了。这些泥浸泡在江水中，咸咸的，有杀菌功能，伤口通常不会因为没有及时清洁而感染。我现在双脚上还有儿时留下的一些伤疤，每次看到，都能回忆起在江边挖淡菜、抓螃蟹的种种。

说到滩涂这些生灵，有个人不得不提。他叫聂璜，是清康熙年间杭州的一位生物画家，曾在浙闽沿海各渔村游历多年，和渔民们交流，并把自己看到的海洋生物一一画下来。康熙三十七年（1698），聂璜完成《海错图》一书，绘有三百多种沿海生物。

雍正年间，太监苏培盛（没错，就是《甄嬛传》里的苏培盛）将这部《海错图》带到宫廷，至此这部全面描绘沿海生物的图画书长居紫禁城。之后，乾隆、嘉庆、宣统等历代皇帝都读过并喜爱这部书。直至日本侵华，故宫文物南迁，四卷本《海错图》分东离西，前三册现藏北京故宫，第四册则归于台北故宫。

不知道聂璜当年是否在蟳埔这片滩涂写生过，但他笔下画尽了江南沿海最常见的物种。我想象着他当年由宁波舟山群岛沿海岸线南下，象山、台州、温州、福鼎、福州、莆田、泉州、厦门，一路走、一路吃、一路画。一个书生，不是上京赶考，却是南下吃喝玩画，鱼腥味和墨水香，伴随着咸咸的海风飘散，这画风太有想象空间了。

远处的鞭炮声和锣鼓声，硝烟四散，我还在渔船上发呆。身边的招潮蟹又从洞里悄悄出来晒太阳，刚刚我来的时候它们纷纷快速缩进洞里，整个滩涂看不到一点动静。这一会儿工夫又热闹起来了，公蟹们有的举着大螯互相打斗，有的在勤奋刨土，可能想找个小海螺解解馋，母蟹们多数在修整自己的洞口，想营造一个更安全隐蔽的居所。

跳跳鱼似乎无视招潮蟹们的存在，在滩涂上优雅弹跳。它们也被称为弹涂鱼，有漂亮的背鳍，跳跃时背鳍张开，有鲜艳的蓝色花纹，出淤泥而不染。弹涂鱼大多数时间生活在水中，每当退潮时，它可以依靠胸鳍爬行跳动于泥涂上，或爬到岩石或岸上，离水生活的习性让它比大多数鱼类有更强的生存能力。涨潮后，弹涂鱼会躲到自己挖的洞穴内躲避食肉鱼类的攻击。

跳跳鱼和招潮蟹是滩涂上的主要成员，虽然它们看起来总是互吼和示威，但相处得还算和谐，不以对方为敌。因为和人类近距离生存，它们练就了高超的逃生能力。跳跳鱼跳跃速度很快，人们徒手是很难抓住的，而且它们有隐蔽的洞穴，很快能隐身不见。招潮蟹的洞穴也很深，人们只要远远靠近，它们会迅速钻入洞穴，直到确认安全才会悄悄出来。

当然，渔村人和它们长期相处，也有一套捕捞的技巧。我小时候，最喜欢和招潮蟹玩，快速地冲到蟹群里，有些招潮蟹会反应不过来，一时找不到自己的洞口，还有些会就近钻入别的蟹洞里，主人回来时会被轰出来，这些找不到洞或被轰出来的蟹就很容易被抓住。

我还有一种最开心的抓蟹方式。观察好一些比较大只的蟹，在洞口放上打好圈的绳子；人远远地待着，等招潮蟹确认没有动静悄悄出洞。待它身子在洞口一半时一拽绳子，蟹就会朝我的方向飞来，趁它找不到自己的洞四处乱窜时就很容易抓住了。同时放置很多这样的绳子，小半天能抓半脸盆。招潮蟹并没有多少肉，通常是把它们的大螯掰下来蒸熟吃，身子要么油炸、要么腌制。

跳跳鱼的抓法有很多，老家渔民使用最普遍最有效的方法是：涨潮后，趁跳跳鱼密密麻麻靠在岸边，用一个很大的网兜——兜底很长很深，而且有个小兜能防止跳跳鱼外逃——一根长长的手柄拉着网兜。人经过时跳跳鱼们会跳到水里，刚好就落入随后而来的网兜，走约一公里，网兜里就沉甸甸装了好几斤跳跳鱼。回家油炸晒干，新鲜美味无比。

虽然渔民们有各种办法捕捞它们，但这两种滩涂成员因为数量巨大，一直家族繁荣。然而，随着人类对环境的肆意破坏，如今大多数邻近城市的滩涂已经见不到近海生物了。这些年回老家，江边滩涂上它们的身影已几乎绝迹。很高兴在蟳埔江边，还能看到这样繁荣的滩涂生物景象，还能这么近距离地观察它们，看它们在自己的世界里嬉戏打闹。

江边滩涂上，还有很多渔村人熟悉的生物，牡蛎、泥螺、蛏子、石蟥、小红鳗以及蟳等等，我本来特别想去蟳埔渔村菜市场看看，相信那里会看到这所有的海产，但旅程匆匆未能成行。在渔村里看到一个蟳埔阿姨在剥牡蛎，我们靠近合影，蟳埔阿姨笑容灿烂，蟳埔女之美，在这些生活日常间。小时候在江边玩，我们小孩都会随时撬牡蛎生吃，那原生的味道至今回味。

最后，再认识一下蟳埔的蟳。

蟳是海洋中众多螃蟹的一种，通常称为青蟹，生活于近海及江边滩涂，肉质鲜美，也被称为"膏蟹"；我们老家叫法是蟳蜅。这种蟹可谓江岸一霸，两只大螯高高举起，是近海最凶猛的生物。小时候我虽然很渴望抓到它，但每次面对一只大蟳蜅时，还是非常发愁。有时候会被它的大螯咬到，鲜血直流哇哇大哭。

退潮后，江边有很多寻蟳人，积水的滩涂、石头夹缝间以及蟹洞里，都有蟳出没。我酷爱抓蟳蜅，也酷爱吃蟳蜅，无敌爱醉蟳蜅。一只活生生的蟳蜅，放入自家酿的黄酒里，任蟳蜅咕嘟咕嘟喝酒，放置一两天，鲜嫩无比的醉蟳蛘简直是人间至味。蟳埔想必是以蟳闻名，后来我们在村口海鲜酒楼用餐，吃到了蟳埔之蟳，果然是美味无比。

　　蟳埔江边，众人狂欢的氛围下，我独自沉醉在这乡愁中，这是我的蟳埔之味。

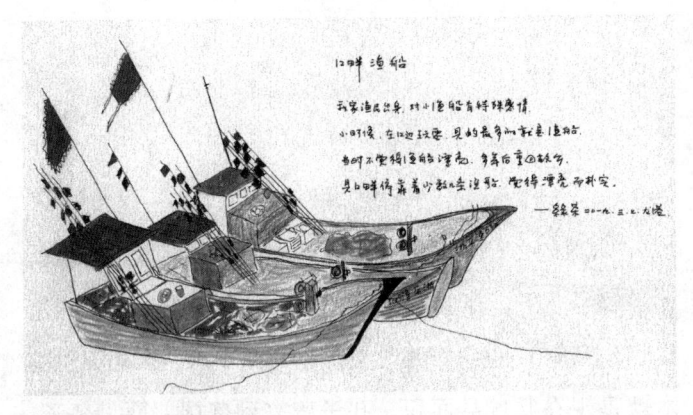

江畔渔船

围抱千年古银杏

"六根故乡行"第二站来到韩浩月故乡郯城,来之前才了解了一下。郯城建置,始于郯国,国君郯子,约建成于公元前 11 世纪春秋时期,是一个小国,国土面积基本就是现在郯城县面积。孔子曾来到郯国,面见郯子,并尊称为师。

郯城短短两日,参观了望海楼、黑龙潭、银杏古梅园、广福寺、麦坡地震遗址、马陵之战遗址等很多遗迹和古树,对这座原本一无所知的古城刮目相看。一切都很美好,值得回味。原来这里有如此深的历史之根,如此厚的文化积淀。

给我印象最深的是银杏古梅园里的千年古银杏树。这棵古银杏是我所见最粗壮的古树。郯城旅游局王永伦局长介绍，这棵古树据说系郯子所植，有三千多年历史；它比周边的银杏树早一个月冒芽，晚一个月落叶。茂密的银杏叶飘落时，金黄黄一片场面十分壮观。可惜我们来时是春天。

我们六根和千年古根愉快地合影，六人手牵手合抱了古根。我想象着，这壮实的身躯下，会有怎样繁盛的根系，它有多深、多粗、多少分支……

树、人以及万物，都需要根。根是万物之本，离开根，所有的树会枯萎，所有的人会迷失，万物不复存在。

我赞叹这千年之根，它是如何历经历史的年轮，在朝代更迭、战争摧毁、气候变迁、环境污染以及各种天灾人祸后依然坚挺至今。是怎样的神秘力量，在庇护着它，滋养着它……如何解释古树上一根枝杈，被暴风雨刮落异处后，依然能生根发新芽。

这是一棵有故事的千年古树。

也许是两个古代小孩友谊的见证：他们在小树前玩耍、嬉戏，共同浇灌及爱护；他们一起跑向小树，谁先过线谁赢；后来他们参军去了远方，相约归乡后树下对饮……

也可能是一对情侣的爱情见证：他们的"老地方"，某根树杈间，时有情书互递；某根树枝上，可能系有他们定情的丝带；也可能，他们最后一次在树下告别、拥吻，天各一方……

还或许是老哥俩下棋的战场：从冒芽到落叶，一个棋盘万千棋局，身边围观的人越来越多；老哥俩激战正酣，竟不知落叶已撒满棋盘；冬天来了，白雪覆盖了金黄的落叶……

还必须是村里妇女们的八卦阵地："大嫂告诉二嫂，××医院真好！"……

古树没有名字，也没有确切年龄，它依然在孤傲地发芽、落叶。每年秋冬之际，那金黄色落叶纷飞的场景，迷人而忧伤。相信历代古人都曾对之表达过赞叹，也留下过诸多的文字和笔墨，但我还想添上一赞，为这棵千年古树"打call"。

我必须向朋友们强烈推荐，这美丽而短暂的瞬间，这难得的人间奇景。如果有机缘，请一定来围观。虽然各地都有成片的银杏树，但这棵千年古树，独好。它在郯城，古老而年轻。

到过彼此的故乡，我们就成了兄弟

接到姐姐电话，说外婆走了，心里一阵痛。当时正在外面办事，让茶妈帮买了当天傍晚回老家的机票。办完事回家简单收拾行李，临出门前拿了韩浩月新书《世间的陀螺》，因为这是一本写给故乡和亲人的书，而我，正赶往故乡，送别亲人。

满头大汗过了安检，还有一点富余时间，从背包里拿出浩月的书，翻开扉页，浩月兄的题签治愈了我。"到过彼此的故乡，我们就成了兄弟——送给绿茶兄"。"六根故乡行"已走完两站，分别是我的故乡温州和浩月故乡郯城。通过这种近距离的走访，把自己至亲、至近乃至内心深处的秘密分享给可以称之为兄弟的人,这份诚意和信任是非常真挚的。

登机坐定,打开阅读。第一篇《父亲看油菜花去了》刚读到第六行"父亲去世那年我大约五岁,也可能六岁……"眼泪夺眶而出。不敢想象浩月那么小就失去了父亲,作为六根的兄弟,我们却全然不知,也从没听浩月讲起过父亲。是啊,一个五六岁就失去父亲的孩子,他该怎样讲自己的父亲呢?

浩月说:"对父亲唯一的清晰记忆,来自他去世前数天的一个昏黄下午。我的叔叔、姑姑们把躲在角落的我抓过来塞到父亲面前,父亲想说话却说不出口,只是用手把一瓣橘子放在我嘴里——那是瓣冰凉、苦涩的橘子,至今我还记得那味道。父亲去世那一刻,与父亲有关的一切都消失了,唯有父亲喂我橘子的画面,如灾后的遗产,倔强地矗立在那里,成了我心中经得起岁月侵蚀的画面。内心有个声音在反复提醒我:记住他,记住他的样子,别忘了他……"

如今,浩月是两个孩子的父亲。老大是男孩,已经上大学;老二是女孩,六根饭局时经常见到,乖巧、伶俐、漂亮、开朗,我家小茶包很喜欢和这位姐姐玩。看着女儿奴浩月的幸福表情,我们都知道浩月是个好父亲。

"两个孩子都喜欢听我讲小时候的故事,偶尔也会讲到他们的爷爷,但关于爷爷的故事总是很短,刚开始就戛然而止。他们也从不追问。我和父亲缘分很短,可我却从来没有过缺乏父爱的感觉,仿佛他的爱在某个地方,源源不断地被我接收到,并转化为对自己孩子的爱。"

看了浩月和父亲之间短暂而深沉的爱的联系,久久不能平静,闭上眼睛平复一下情绪。

我回忆关于外婆的点点滴滴,记起更多的都是外婆那些慈祥的表情和温暖的双手。从记事起,外婆就是老人。她生于1921年,比我大五十多岁。外婆很瘦弱,但那双小手却温暖有力。小时候去外婆家拜年,外婆往我们手里塞各种糖果、甘蔗。长大后每年回一次老家去看外婆,从进门那一刻起,外婆就握着我的手,直到离开才放手。

想到这儿有点心慌,突然发现自己对这位民国老太太的过往一点都不了解。看浩月这本书中,写父亲、母亲、爷爷、奶奶、三叔、四叔、六叔等亲人,每个人很立体很生动,情感丰满而感人。

我们七〇一代,父辈通常是大家族。浩月爷爷有六个儿子,一个女儿,跟我父辈人口一致,我父亲五个兄弟,两个姐妹。七十年代,曾在县城街道办当小领导的爷爷被"造反派"赶下台,只好带着一家老小投奔他大哥(浩月大爷爷),来到位于鲁南与江苏交界的一个叫大埠子的小村庄。浩月在这里出生,整个家族在这里生活了十来年,到八十年代举家又迁回郯城县城,留下十余座坟墓,包括太爷爷、太奶奶、大爷爷、大奶奶,还有浩月的父亲。亲人们的离去,在浩月心里交织成一片精神世界的悲伤与苍茫。

"进入四十岁后,需要奔赴的葬礼越发多了起来,姑父、爷爷、奶奶、二婶、四叔……在我五六岁时失去父亲后,姑父像父亲那样疼我,夏天的时候,他常常带我去河里游泳;爷爷摆了多年的书摊,我和姑父一起守在书摊旁阅读,时间漫长又温馨;在二婶眼里,我是她最值得骄傲的侄儿;而四叔,则是确定我人生价值观最重要的人。他们走了,但他们的基因和言行方式,都留在我的精神世界里。"

奶奶去世后,浩月一度暗暗发誓,要和整个家族保持更远的距离,但事实上,这是徒劳,作为长孙,他重新介入整个家族活动中,并且有着不可推卸的重任。"有人把奶奶的骨灰盒交到我手里,和我想象的不一样,骨灰盒传递出的温度不是温热的,而是凉凉的,但我感受到的不是死亡的气息,而是近似于重生的喜悦。"

"在整个家族谱系里,我是一个走得最远的逃离者,一个性格柔弱的长孙,一个永远的和事佬,一个心里有恨表面却什么也不说的人。但在奶奶去世后,我感觉到自己的身份有了微妙的变化,再看去叔叔、婶子们的言行,觉得他们也没那么生气,甚至觉得五六十岁的他们,已经像孩子一样……"

浩月说四叔是对他思想影响最大的人,他性格柔软,写得一手工整的钢笔字,像是一个出身于知识分子家庭的人。但这个家族到四叔这一辈都是彻底的农民,不知道他继承了哪位祖辈的文雅气。在这个家族里,四叔就像一个笨拙的陀螺,任劳任怨,把整个家族的期望都背在身上,努力地转。他一生劳累太多、吃苦太多,以至于身体亏欠太多,五十多岁就告别了人世。

另一位对浩月成长有着深刻影响的是六叔。他只比浩月大五六岁,在一个屋檐下生活了四五年。在六叔的影响下,浩月年轻时爱打架、喝酒,言语表达也粗鄙;浩月不喜欢这样的自己,逃离故乡的一个重要原因是逃离六叔。

"我做一切与六叔截然相反的事。他杀猪,我写诗;他身上臭烘烘,我每天竭力用肥皂把身上的味道洗掉;他晚上和酒肉朋友大吃大喝,我穿上洁白的衬衣去县城电影院晃荡;他脾气暴躁,我努力学习温柔;他留在原地,我则越走越远……"

浩月的故乡情是疼痛的、纠结的、强烈的,也是深沉的、挚爱的、平静的,"它有时候像母亲推开儿子一样,会逼着你远行,让你带着疼想她"。

六根郯城行后,浩月写了一组长文《致故乡》,表达了他的忐忑与奇妙:"说真的,我有些忐忑,总担心自己的家乡不够美,不够好,没法给初来的朋友留下深刻印象;但这种忐忑从一下飞机踏上故土之后,就彻底消失了。对于亲近的朋友来说,美与好,都是宽泛的,当你带着一定的情感浓度,去观察一片土地、一个乡村、一个城市,以及一个个人的时候,美与好的基调基本就奠定了。"

事实上,我们六根几位在郯城感受到这片土地所有的美好和友好。当我们六人围成一圈抱着那棵两千多年高龄的"老神树"时,我们就建立起和这片土地的亲近感，美与好的基调也就此得到了认可。"到过彼此的故乡，我们就成了兄弟"在此时此刻得到了验证。

"乡村是一个温暖的鸟巢，炊烟是乡村最日常的浪漫，漫漫回家路是游子最向往的旅程……这些不过是对乡村一厢情愿的美化与想象。对许多人来说，乡村是一枚烧红了的烙铁，在一具具鲜活的生命上，盖下深深的烙印。无论过了多久，这个烙印依然会隐隐作痛，哪怕后来进入城市，拥有了所谓的风光生活，这些人身上的悲剧烙印，也不会轻易撤退、轻易愈合。"如果故乡不能给你安慰，异乡就更不能了。

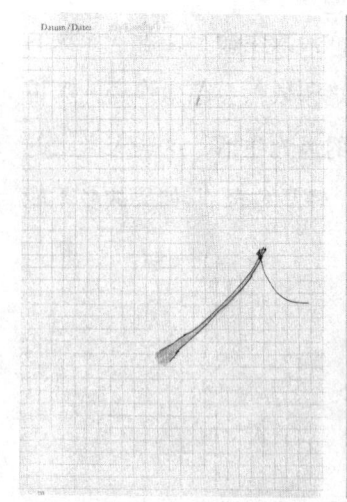

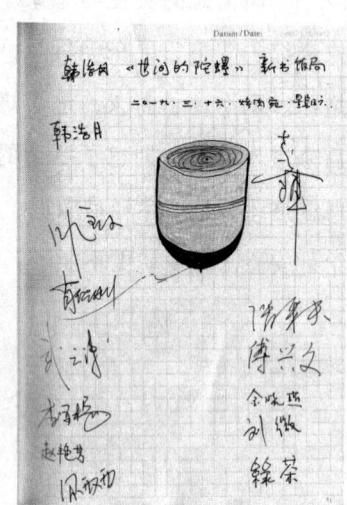

《世间的陀螺》新书饭局

朋友圈是故乡的美图秀秀

每个人的微信朋友圈里，少不了老家的亲人和朋友，每天打开微信，信息洪流中，我们会特别留心来自故乡的点滴消息，就像我们每个人，都会默默关注一到几个家乡的草根号，怀一下故乡的旧。这些草根号，很有一套维护公众号的逻辑，在吸引眼球方面无所不用其极，各种标题党和鸡汤体运用自如，当看到"欲罢不能的十大××小吃"（××就是每个人的老家）等帖子时，你还是会流着口水默默打开。

想当年离开故乡时，是带着喜悦的心情，心想终于放飞了，"我要飞得更高，飞得更高"，恨不得自己是断了线的风筝，落到哪儿算哪儿。很多年之后，发现自己其实无处可去，老家才是最让人安心之所，但是，再也回不去了。我们看到故乡在快速变化，就像自己所在的城市在快速变化一样，但在地的城市如何变化我们不太关心，家乡的点滴变化却让人莫名着急，因为那里的每一寸土地都有你儿时的记忆。

儿时的小伙伴，有的发财了，有的坐牢了，有的像我一样客居他乡。小学同学初中同学高中同学，每个人都在自己的轨道上演绎人生，正是张楚所唱："升官的升官，离婚的离婚，无所事事的人"。每年回到故乡，少不了在各个圈子间聚会，不同时期的朋友，在一起就自动切换到当年时的互动模式，人到中年，还像小孩一样打闹嬉戏喝酒八卦，每个人都发生很大的变化，但好像一切又都没变。

故乡是人情社会，多少代人的生活积累，构建了每个家庭的人情网络。短暂的回乡之旅，需要拜会的亲人和朋友太多，从一个酒局到另一个酒局，从七分醉到十分醉，回家就是买醉，把一年的酒都喝回来，把遗忘了一年的家乡话，说一千遍呀一千遍。想家，是内心强烈的情感诉求；回家，则是情感外露的狂欢。从想家到回家，是一次由内而外的释放，即所谓自由的感觉。

记忆中的故乡，还是那个美丽安静的小渔村。一条清澈的小河从家后门流过，被一道水闸拦住，水闸外面是浑浊的江水。整个夏天，我在两水之间混游，去江堤上把自己滚得浑身是泥，再回到河堤上跳入水中。在江里抓螃蟹、捞大虾，在河里摸螺蛳、钓小鱼，野孩子也有春天，回忆起来是满满的美好。

再回故乡，如果不是坐车，我已经找不到回老家的路，也许那条从家通往外面世界的路已经不存在，或因没有人走已经杂草丛生。有记忆痕迹的地方越来越少，儿时撒尿的角落、偷窥的小洞、嬉戏的水沟、掏的老鼠洞、钻的黑烟囱……这些孩子专属的快乐角落，于他人毫无意义，于自己却弥足珍贵。

已经五年没回老家了，关于故乡的消息都从老家人的朋友圈获得。我想，每个人都是爱自己的故乡的，他们分享故乡美好而新鲜的一面，新开的楼盘，新建的大桥，新通的高速，新开的饭馆……一切欣欣向荣的变化，却让故乡变得越来越陌生。当然，也有朋友怀故乡的旧，中学的校园，废弃的农场，儿时的混沌，待拆的老宅……那些有记忆味道的东西，也只能让故乡变得越来越遥远。

朋友圈是故乡的美图秀秀，每个人用自己的方式记录故乡，美化故乡，表现故乡。曾经的故乡已经无法还原，当下的故乡却有多种记录方式，不管我们的故乡怎么变化，记录总是对记忆的最好保证。所以，老家的亲们，谢谢你们分享你我的故乡，客居他乡的我，真心希望把自己PS进去，成为家乡影像中的一个匪兵乙。

后记 一次小小的阅读闭环

近十年来,和朋友们创办的读书会坚持每月读一本书,并倡议参与读书会的成员,自觉养成阅读闭环(阅读—思考—表达—写作)。几年下来,惊喜地看到变化。尤其今年,读书会策划"读城记",所有参与"走读计划"的书友,每人每月完成一篇"读城"文章,大半年下来,产出五十多万文字。这本小书第一篇章的小文即是我在读书会上的表达与写作。

对我而言,阅读既是工作,也是生活,似乎浑然一体,但又有微妙区别。每天,会收到很多出版机构和作者寄来的样书,记入私人日记"书情日录";然后,精选好书分门别类给不同的评选机构推荐；绿茶书情公众号也每月精编一期"绿茶书情好书榜"。让好书在不同平台亮相，这是我一贯秉持的主张——阅读需要分享。

作为工作的荐书和私人趣味的阅读有很大的不同。荐书一般尽可能网罗不同领域的好书，适应不同读者的趣味。当年在报纸编书评时，每周要精选二十多本好书，编成一期书情，是特别费心思的工作。选什么书和不选什么书同样困难，总是在斟酌再三，最后拼版时才能最终确定，有时候拼完版还会调整选品。写作百十来字推荐语也是大费周章，一本本书翻阅，用最少的文字最大限度突显该书之优劣，的确很考验人，也很训练人。

而我的私人阅读则很少读最新出版的新书，总是喜欢在自家堆积如山的书房里，翻腾那些被压了很多年的书，然后顺着一个主题把相关书籍尽可能多地翻找出来，一口气谱系化阅读。除非是写稿需要，我很少能就一个主题一读到底，总是读着读着又被新的更感兴趣的主题吸引了去，转而又进入新一轮书房"淘书战"。

爱书人都有自己说不尽的书房故事。这几年，拜访过很多书房，每间书房都是一个独特的精神世界，虽然试图探听更多书房主人的心声，但所得依然凤毛麟角。

精神的世界里，连书房主人也许都很难讲得清。也画过很多书房，我的拙笔自然描绘不出这些书房真正的魅力，但通过这样一次观察、思索以及沟通，似乎又和书房主人多了一层精神交流。

五年前，曾出版有《在书中小站片刻》，这本小书乃其续集，图省事名为"二集"，以后，这类与书和阅读有关的小文，都以此为序，三集、四集延之。

这本小书分为三个篇章。

第一篇章"早茶夜读"，为读书会的阅读成果。通过和书友们交流、碰撞以及相互启发，带来阅读社交中最让人惊喜的输出，兴之所至，在读书会现场分享之后，如觉得还有些许价值，就整理成文。

第二篇章"书中小站"，为这些年参与诸多好书榜评选的一些心得体会，对一些出版现象的观察和认识，以及对自己阅读世界的一些记忆和期望。

第三篇章"返乡画像"，则带有浓厚忆旧色彩。人到一定年纪，思乡情结油然而生，也更多去回望自己的来处，以及曾经那些记忆中美好的东西。

虽是一本小书，要感谢的人很多。

感谢"六根"兄弟们,李辉、叶匡政、韩浩月、潘采夫、武云溥等。多年来,我们一起喝酒、写公众号、旅行,享受生活中可以称之为幸福的东西。书中一些篇章是和六根兄弟们同行的记录。

感谢"一群文画人"朋友们:赵蘅、肖复兴、罗雪村、孟晓云、冯秋子等。在他们的鼓励下,才有勇气这么一直傻画着,本书插图就是在他们鼓励下,一点点尝试画出来的。

感谢"阅读邻居"书友们。我们每月一聚,为阅读而来,渐渐已成习惯,成了我们不可或缺的生活方式。本书很多文章就是和他们在一起读书而收获的成果。

感谢商务印书馆,感谢责编孙祎萌女士,她的专业精神让小书增色添彩。

感谢吾儿小茶包,感谢茶妈,是他们的幸福陪伴,才有阅读的心情、写作的动力和画画的勇气。

绿茶　庚子年八月初一